호의는 거절하지 않습니다

호의는 거절하지 않습니다

김남희 산문

문학동네

차례

1부 혼자의 삶

2부 여행하지 못하는 시대의 여행작가

3부 연대와 온기

프롤로그

업히는 삶

오래전 어느 청명한 봄날이었다. 나는 지하철 2호선을 타고 지상으로 달리고 있었다. 창밖으로 한강의 푸른 물결이 출렁이며 따라오고, 투명하게 반짝이는 봄날의 햇살이 지하철 안으로 흘러들어오고 있었다. 어디선가 비발디의 사계가 들려왔다. 옆자리에 앉은 여성의 이어폰에서 새어나오는 소리였다. 아, 지금 이 순간에 완벽하게 어울리는 음악이네. 그런 생각을 하는 순간, 그녀와 눈이 마주쳤다. 나는 생긋 웃으며 말을 건넸다. "음악이 너무 좋아요." 그 순간 그녀가 이어폰 한쪽을 내밀며 물었다. "같이 들으실래요?" 나는 망설임 없이 이어폰을 받아 한쪽 귀에 꽂았다. 이름도 모르는 그녀와 함께 사계의 선율에 몸을 맡겼다. 다정한 친구라도 되는 듯이, 내가 내려야 할 역에 이를 때까지.

돌이켜보면 이토록 오래 여행을 해왔는데도 기억에 강렬하게 남아 있는 건 그런 사소한 것들이다. 타인의 호의에 무심코 기대었던 순간. 누군가를 완전히 믿어버렸던 찰나. 잠시 벌어진 그 틈 사이로 스며든 번개 같은 공감과 소통. 그런 일들이 쌓이고 쌓여 지금의 내 삶을 이루었다. 서른을 넘긴 후 나는 늘 혼자 살아왔는데, 정말로 혼자였던 날은 한 번도 없었다. 언제나 매 순간을 타인의 친절에 기대어 살아왔다. 지친 무릎이 꺾이려 할 때마다 일으켜세워주던 손들이 있었다. 코로나가 시작된 후에는 더 그랬다. 강연이 끊기고, 일거리가 줄어 생계가 막막했던 지난 시간이 내가 혼자가 아니라는 사실을 가장 많이 확인한 날들이었다. 마치 주변 사람들끼리 순번을 정하기라도 한 듯이 다정한 손길과 세심한 돌봄이 이어졌다. 생계를 위해 시작한 방과후 산책단과 에어비앤비에 찾아오는 사람들조차 선한 기운을 선물처럼 건넸다.

"업히는 삶이 있고, 업어주는 삶이 있지. 나는 이제 업히는 삶을 살 거야. 업히는 삶이 더 어려워. 업어주는 삶이 폼도 나고, 당당하기도 하고, 만족감도 크지. 하지만 내가 젊은 날에 업어주는 삶이었다고 믿었던 그 순간들마저도 실은 업히는 삶이었던 거야."

M 선배님이 어느 날 점심을 먹던 자리에서 한 이야기다. 처음 만난 후부터 지금까지 그는 늘 나를 업어주는 사람이었는데, 그는 자신의 삶이 업히는 삶이라고 했다. 내 인생에 일어난 참 좋은 일 중 하나를 꼽는다면 M 선배님 부부를 만난 일이다. 우리는 서로 책을 통해 이름을 알고 있던 정도였다. 처음 만난 자리에서였다. 내가 아는 일본 여성에게 그가 일본어를 배운다는 이야기를 듣고, 나도 개인 강습을 받고 싶은데 비용 때문에 고민이라는 이야기를 했다. 얼마 후 내가 그 일본 친구에게 개인 강습을 시작했을 때, 그녀가 알려줬다. M 선배님이 석 달 치 강습비를 선불로 냈다고. 그녀는 그 마음에 감동 받아 내게 3개월 무료 강습을 더 해주기로 했다고 한다. 그녀에게 일본어를 배운 1년의 절반은 그렇게 업혀간 시간이었다. 그후에도 그는 종종 나를 업어주는

사람이었다. 노트북이 고장났다는 글을 페북에 올린 날은 아주 좋은 노트북을 살 만한 돈을 그가 보내왔다. "내가 뭔가를 해줄 수 있어서 너무 기뻐. 잔말 말고 받아. 나도 뒷배가 있어서 든든하거든. 내가 너의 뒷배가 되어줄게." 이렇게 말하면서.

돈이 많으니까 그렇게 살 수 있는 거라고 쉽게 말할 수도 있다. 하지만 세상에는 돈을 끌어안고 베풀지 못하는 사람이 더 많다. 게다가 그의 보살핌을 받는 이는 수없이 많다. 그는 계산 없이 베푼다. 그의 아내분께서 "이 사람의 최대 장점은 돈을 정말 잘 쓴다는 점"이라고 공언할 정도였다. 자식들에게 물려줄 유산은 없다고 이미 선언했고, 먹고살 만큼 버니 나머지는 전부 나누면 된다고 말씀하시는 두 분이다.

어느날 M 선배님이 물었다. "방과후 산책단에 온 그 사람, 어때?" "아, 너무 좋은 분이세요. 다정하고, 배려도 잘해주시고." "그 친구가 만만한 사람이 아닌데…… 그게 너의 힘이야. 사람들이 가진 선한 에너지를 내뿜게 만드는 거." 그때는 "에이, 설마요" 하며 넘겼는데 시간이 지날수록 나는 선한 의지의 힘을 믿게 되었다. 내가 특별히 더 착한 사람이어서가 아니다. 다른 사람들처럼 내 안에도 다양한 얼굴이 있다. 내 안의 가장 착한 얼굴을 드러내 누군가에게 마음을 쏟고 정성을 다하면 사람들은 반드시 알아주고, 더 큰 다정함으로 돌려준다. 내가 세상을 향해 웃으며 손을 내밀면 세상도 내 손을 잡으며 웃어준다. 여행을 다닐 때의 내 믿음이자 태도였는데, 일상에서도 똑같았다.

인간이 살아가는 한 서로에게 기대어 살아갈 수밖에 없다. 동굴 속에 혼자 은신하며 자급자족하지 않는 한. 민폐의 여왕 같은 호칭을 달고 살면 안 되겠지만, 적당히 돌봄 받고 신세 지는 일을 두려워할 필요는 없을 것 같다. 누군가에게 받은 호의를 또다른 이에게 건네며 살아가면 된다. 같은 이에게 같은 방식으로 갚을 필요도 없다. 나는 자주 업히는 삶을 살고 있지만 때로는 누군가를 업어주는 삶을 살기도 하니까. 서로가 서로에게 다정한 위안이 되어주는 삶이 가능하기에 나는 내가 만든 가족이 없어도 오늘 하루를 살아갈 수 있다. 그렇게 느슨한 연대의 손길이 있는 한 내 노후생활도 마냥 쓸쓸하지는 않을 것이다.

세월이 10년쯤 더 흐르면 이런 삶을 살고 싶다.

셰어 하우스가 아닌 '셰어 가든'. 서울을 벗어나 자연이 가까운 곳. 제법 넓은 마당을 중심으로 작은 오두막 몇 채가 둥글게 서 있다. 열 평에서 스무 평 정도. 각자의 형편과 개성에 맞춰 지은 작은 집들은 완벽히 독립적이다. 이 나이 되도록 혼자 살아오느라 남에게 맞춰본 경험이 부족해 서로 부딪히기 쉬우니 사생활이 보장되는 독립 공간은 필수다. 대신 다 함께 모여 밥을 먹거나 영화를 볼 수 있는 공간이 따로 있다. 마당에는 호두나무, 감나무, 사과나무, 살구나무, 앵두나무, 벚나무가 자란다. 작은 텃밭이 있어 채소와 허브를 가꾼다. 누군가 여행을 떠나면 남아 있는 이가 반려묘를 챙기고, 누군가 아프면 죽이라도 끓여서 끼니를 챙긴다. 볕 좋은 날이면 마당의 풀 뽑는 일도 여럿이 어울려 신나는 놀이처럼 해치운다. 서로 추천하는 책을 함께 읽고, 영화도 본다. 글 쓰는 일은 모두가 직업으로든, 취미로든 일상적으로 한다. 마당의 과일을 따서 잼을 만들고, 철마다 제철 재료로 간단하지만 맛있는 음식을 만들어 함께 나눈다. 작은 서재가 딸린 방 두 개짜리 게스트 하우스도 있다. 책장은 각자의 취향에 맞는 책으로 채운다. 게스트 하우스에서 나오는 수익은 함께 나눈다. 당장 이번달 수입이 전혀 없어도 텃밭의 먹거리가 있고, 나보다 조금 더 번 이에게 기대어 끼니를 구하면 된다. 다음달에 내게 수입이 생기면 그걸 나누면 되니까. 비혼 여성으로 혼자 살아가는 일의 불안과 외로움을 이렇게 덜며 살아간다면 든든하지 않을까. 혼자서는 땅을 사고 집을 짓는 일이 어렵다 해도 여럿이 모이면 가능해진다. 혼자서는 생존하기에 바빠 품위를 유지하며 사는 삶이 어려울지라도 여럿이 함께라면 가능하다. 서로를 돌보며 사는 삶. 부자가 아니어도 품격 있는 삶. 내가 꿈꾸는 미래다. 노후가 걱정되는 싱글들, 다 모여라. 함께 살자.

여행으로 밥을 벌며 살아온 지도 어느새 20년이 되어간다. 이 책은 내 삶에서 처음으로 '여행'을 떼어놓은 글로 이루어졌다. 서로 업어주고 업히는 삶을 살아가는 일상의 이야기다. 내가 선택한 삶의 길에 만족하며 살아가지만 이렇게 계속 가도 괜찮은 걸까. 생의 마지막날까지 여행을 하고 글을 쓰며 살아갈 수 있을까. 혼자서 나이들어가는 일을 잘 견뎌낼 수 있을까. 밥벌이는 언제까지 가능할까. 이런 고민이 조금씩 생겨나던 시절이었다. 온전히 내 이야기를 써봄으로써 새로운 길을 모색하고 싶었다. 특별한 재능도 없고,

모아놓은 재산도 없어서 가끔은 흔들리기도 하는 중년의 싱글 여성. 스스로 일군 가족도 없고, 반려동물도 없어서 때로는 쓸쓸해지기도 하는 삶이다. 스스로를 잘 돌보며 살아가려 애쓰지만 결국 나를 여기까지 오게 만든 건 수많은 이들의 온기였음을 확인하는 이야기다.

오늘도 작은 호의를 주고받으며 하루를 건너왔다. 어떤 상황에서도 다정함을 잃지 않고, 삶의 품격을 지키며 남은 생을 살아내는 사람이고 싶다. 나와 비슷한 향기를 지닌 이들에게 이 글이 가닿을 수 있을까. 그럴 수 있다면 우리가 따로 또 같이 서로의 약함에 기대어 살아갈 수 있을 텐데.

2021년 11월

김남희

1부

혼자의 삶

생전장에 다녀와

벚꽃처럼 화사한 죽음을 보았다. 연분홍의 봄날, 시가현의 젖줄인 비와 호수가 내려다보이는 작은 집에서였다. 건축가인 고이치 오이와 선생님이 직접 지은 스트로베일(압축볏짚) 하우스였다. 그날은 고이치 선생님의 생전장生前葬, 살아서 치르는 장례식이 열리는 날이었다.

고이치 선생님은 내 인생의 스승이자 벗인 게이보 오이와(한국에 알려진 필명은 쓰지 신이치) 선생님의 친형이다. 악성 림프종 말기로 이미 수술과 방사선 치료, 6개월의 입원을 거친 후였다. 보름 전, 그는 퇴원을 결정하고 시가현 집으로 돌아왔다. 형의 퇴원 후 동생 신이치 선생님은 모든 일정을 취소하고 그와 함께 시간을 보내고 있었다. 형의 머리카락을 잘라주거나 마사지를 해주고, 가족 앨범도 들여다보며 함께 삶을 정리했다. 그러는 동안 죽는 사람이 누구인지 헷갈릴 정도로 그에게도 죽음이 가깝게 느껴졌다. 그 시간을 그는 '데스 하이death high' 상태였다고 표현했다. "당장 살날이 얼마 안 남은 이에게도 우리는 괜찮을 거라고만 이야기하잖아. 그건 거짓 위로에 불과해. 누구나 살아 있을 때 장례식을 치른다면 세상이 한결 평화로울 거야. 다들 영원히 살 것처럼 생각하기 때문에 세상이 이 모양이니까. 간디의 말처럼 내일 죽을 것처럼 살고, 영원히 살 것처럼 배워야 하는데. 고이치를 봐. 내일 죽을 것처럼 살고 있잖아."

정원에는 티베트의 기도 깃발 룽타가 봄바람에 부드럽게 나부끼고 있었다. 정원으로 이어진 테라스 모퉁이에 한국의 솟대가 놓여 있었다. 내가 온다는 이야기를 들은 고이치 선생님이 솟대를 저기에 놓자고 하셨단다. 고이치 선생님은 "Happy Death Day"라고 적힌 검은 티셔츠를 입고 우리를 맞았다. 신이치 선생님이 언젠가 방콕에서 사 온 티셔츠라고 했다. 병색이 짙어 예전의 모습을 알아볼 수 없을 정도였지만 눈꼬리를 접으며 활짝 웃는 미소는 여전하셨다. 넓지 않은 거실에는 선생님의 형제자매와 조카들, 가까운 지인까지 스무 명 남짓한 사람이 모여 있었다.

생전장은 신이치 선생님의 인사로 시작되었다. "요우코소 슬로 데스 하나미(느린 죽음 꽃놀이에 오신 여러분을 환영합니다)." 곧 신이치 선생님의 라쿠고(일본의 전통적인 1인 만담) 판이 벌어졌다. 서툰 일본어 탓에 다 알아들을 수는 없었지만 삶과 죽음에 관한 해학이 가득한 만담에 자주 웃음이 터졌다. 만담이 끝난 후 고이치 선생님이 휠체어에서 몸을 일으켜 모두에게 건배를 제안했다. 물기 어린 두 눈 가득 웃음을 머금고 "오늘은 죽기에 좋은 날입니다"라면서. 아메리카 인디언 운동을 주도했던 데니스 뱅크스의 말이었다. "제 어머니는 11년 전, 오늘 같은 봄날에 친구와 가족을 불러모아 이틀간 웃고 노래하며 꽃놀이를 즐긴 후 세상을 떠나셨죠. "완벽해"라는 말을 마지막으로 남기고요. 그때 이후 저는 죽음이 두려운 게 아니며 죽음을 늘 마주하며 살아야겠다고 생각해왔지요. 더 나아가 저도 어머니처럼 이 세상과 작별하고 싶었어요. 제 삶이 깃든 집에서 사랑하는 이들에게 둘러싸여서. 기력이 더 쇠하기 전에 가족과 친구들에게 삶이라는 기적에 함께해줘서 고마웠다는 말을 전하고 싶었습니다." 선생님의 이야기가 끝난 후 우리는 돌아가며 그와의 추억을 이야기했다. 사이사이 모두가 조금씩 준비해 온 맛있는 음식과 와인을 즐기면서. "지난주까지 곧 돌아가실 것 같았던 아버지가 이리 건강해지셔서 어리둥절할 지경"이라는 선생님 아들의 말에 웃음이 터지기도 했다. 조카 부부가, 딸과 사위가, 친구들이 돌아가며 고이치 선생님이 좋아하는 노래를 부르기도 했다. 샹송과 대중가요에 이어 그가 응원하는 야구팀의 응원가가 불릴 때는 온 집안 가득 풍선이 날아올랐다. 고이치, 신이치 형제가 며칠간의 연습 끝에 답가로 부른 노래는 구로사와 아키라 감독의 영화 〈살다〉에 나오는 〈곤돌라 송〉이었다. "인생은 짧아요. 사랑을 하세요, 아가씨. 붉은 립스틱이 희미해지기 전에. 심장의 뜨거운 피가 식기 전에. 내일이라 불리는 날은 없어요. 인생은 짧아요. 사랑을 하세요, 아가씨. 검은 머리가 바래기 전에. 마음의 불꽃이 꺼지기 전에. 오늘이라 불리는 날은 다시 오지 않아요."

다시 오지 않을 그날, 나는 다시는 들을 수 없을 노래를 듣고 있었다. 그 자리는 자신의 인생 이야기를 스스로 마무리함으로써 존엄한 죽음을 맞으려는 고이치 선생님이 우리를 위해 마련한 선물이었다. 지금 이 순간이 얼마나 소중한지를, 인생이 얼마나 짧고 애틋한지를 당신의 사위어가는 생명으로 전해주는 선물이었다. 삶과 죽음이, 고통과 위안이, 슬픔과 기쁨이 서로 몸을 섞은 채 머무는 자리였다. 창밖으로는 막 꽃이 피기 시작한 벚나무 가지가 바람결에 흔들리고 있었다. 그렇게 먹고, 마시고, 웃으며, 가끔씩 눈물을 몰래 훔치며 보낸 시간이 흐르고 작별을 나눌 때, 선생님은 야윈 팔로 나를 꼭 안아주셨다. "남희가 와줘서 얼마나 기쁜지 몰라. 어딘가에서 다시 만나게 될 거야." 어떻게 작별인사를 해야 할지 알 수 없었던 나는 그저 고개를 끄덕일 뿐이었다.

고이치 선생님의 생전장을 치르고 돌아오는 길, 5년 전에 돌아가신 아빠가 자꾸 떠올랐다. 병원에 입원하기 전날까지 아빠는 20년 넘게 해오던 구멍가게를 여전히 꾸려가고 있었다. 소화가 안 되고 기력이 없다는 아빠의 말을 우리는 그저 노화 현상으로만 여겼다. 해마다 가는 가을 가족 여행에서 아빠가 거의 누워 계시는 모습을 본 후에야 우리는 아빠를 병원에 모시고 갔다. 진단을 받기까지 아빠는 온갖 검사를 받으며 기력을 소진했고, 폐암 말기라는 결과가 나왔을 때 이미 암세포는 온몸과 척추까지 번진 상태였다. 당장 내일이 마지막이 될 수도 있고, 길어야 몇 달이라고 하면서도 병원에서는 뇌 MRI 검사를 요구했다. “가망 없는 분이 버티면 다른 환자에게 피해가 간다”며 1인실로 옮기든가 요양병원으로 가라고 노골적으로 강권하면서 MRI 검사라니. 우리는 그 의미 없는 MRI를 아빠가 그토록 싫어했는데도 받게 했다. 이 병원을 당장 나가면 어디로 가야 할지도 막막했고, 실낱같은 희망에라도 기대고 싶었으니까. 아빠의 의식이 아직 명료했던 어느 날, 아빠에게 물었다. 병원에서 나가면 어디로 가고 싶냐고. 아빠는 집으로 가고 싶다고 했다. 얼마 후 아빠는 너희들이 편한 대로 하라며 말을 바꿨다. 우리는 두어 가지 이유로 아빠를 요양병원으로 모셨다. 전문적인 돌봄을 받는 쪽이 아빠의 생명을 조금이라도 연장하거나 고통을 줄이는 데 낫지 않을까 하는 마음 너머에는 앞으로 몇 달 동안이나 병구완을 할지 알 수 없는 상황에서 구완비는 어떻게 마련할지, 집에서 환자 돌보기가 얼마나 어려울지 두려워하는 마음도 있었다. 결국 아빠는 폐암 말기 확정 진단을 받은 후 3주 만에 돌아가셨다. 시립요양병원으로 옮겨간 지 나흘 후였다. 그때 우리가 다른 선택을 했다면 어땠을까. 암 진단을 받은 후 종합병원에서 바로 나와 집에서 아빠와 시간을 보냈다면…… 아빠와 함께한 삶의 추억을 나누고, 고마움과 미안함과 사랑하는 마음을 서로 충분히 표현하고 아빠가 '죽는 자의 역할'을 충실히 해내며 우리가 어떻게 살아가면 좋을지 당부하기도 하면서 당신 삶의 이야기를 스스로 매듭짓고 떠났다면…… 아빠의 삶을 계속 살아갈 만한 삶으로 만든 것도, 아빠의 인생에서 가장 가치 있는 것도 가족이었을 텐데, 아빠의 마지막날들은 가족과 더 많은 시간을 보내는 데 쓰여야 했던 게 아니었을까. 그랬다면 떠나는 아빠의 발걸음도 조금은 가벼웠을 테고, 남겨진 우리의 마음도 조금은 덜 미안하지 않았을까.

여전히 집밖을 떠도는 삶을 살아가는 탓인지 나는 남은 시간이 얼마나 될까를 종종 생각한다. 죽음이 언제라도 나를 찾아올 수 있음을 알기에. 객사 혹은 고독사, 더 나아가 객지에서의 고독사가 내 운명일 수 있다는 누군가의 걱정스러운 농담이 진실이 될 수 있음도 알고 있다. 지금껏 내가 가장 중요하게 생각한 건 품위 있는 죽음이었다. 오늘이 마지막날이라고 해도 후회 없을 만큼 충만한 삶을 살아왔다. 죽는 순간에도 나를 잃지 않고 생을 마감하고 싶다. 내일은 알 수 없는 거라지만 나는 혼자 살다가 혼자 죽음을 맞을 가능성이 크다. 가족은 가까운 타인에 불과하다고 주문처럼 읊조리는 내가, 말년에 가족의 경제적·정신적 부담이 되는 건 싫다. 시립병원 같은 곳에서 내가 누군지도 분별하지 못하는 상태로 지내다 죽는 것은 끔찍하다. 존엄이 사라진 삶은 상상만 해도 고통스럽다.

그래서 나는 스위스에서의 자유 죽음을 생각해왔다. 엄마와 동생들에게도 이미 여러 번에 걸쳐 당부해놓았다. 어떤 연명치료도 하지 말 것을, 내 몸의 쓸 수 있는 부분은 모두 기증할 것을. 내가 여든쯤 되어서도 국내에서 존엄사가 불법이라면 스위스에 가서 죽음을 맞겠다고도 선언했다. 하지만 그건 결국 죽음에 이르는 나의 고통을 덜겠다고 내 죽음을 누군가의 손에 맡기겠다는 생각에 불과한 건 아닐까. 내 품위만 생각하고 남겨질 이들의 아픔은 돌보지 않겠다는 생각은 아닌가. 내가 살아온 공동체와 나는 마지막 순간까지도 그렇게 철저히 분리될 수 없을 텐데. 아빠의 유언 같던 말 "너희가 편한 대로 해라"에 담긴, 남겨진 이들을 먼저 생각하는 마음과는 전혀 다른 이기심이다. 아빠는 자신의 죽음으로 삶이 흔들릴 이들을 생각했고, 그들에 대한 배려가 당신 삶의 정리보다 우선하기에 저렇게 말했을 것이다. 죽음이란 결국 내 삶의 마지막 여정일 뿐 아니라 나를 둘러싼 이들과의 작별이기도 하다. 그러니 죽는 자의 역할에는 내 삶을 제대로 마무리짓겠다는 의지 못지않게 남겨지는 이들에 대한 배려도 포함되어야 할 것이다. 우리를 깊은 슬픔에서 헤어나지 못하게 만드는 죽음은, 이 두 가지가 충족되지 못한 죽음이기에.

스위스에서의 존엄사를 포기한다면 나는 내 죽음의 풍경을 어떻게 그려낼 수 있을까. 내 죽음으로 인해 삶의 유한성에 새삼 마음을 다칠 이들을 떠올려본다. 남동생들과 올케. 나처럼 혼자 사는 친구들. 가족을 이루었든 아니든 인간은 결국 고독한 존재임을 알고 있는 현명한 벗들. 이들에게 내 모든 실수와 잘못에 대한 용서를 구하고, 그들이 곁에 있었기에 내 삶은 혼자였어도 결코 혼자가 아니었다고 고백하고 떠날 수 있을까. 인생이 그 마지막 행운을 내게 베풀어준다면 좋을 텐데.

그날 이후 나는 자주 스마트폰 안의 동영상을 되돌려 본다. 고이치 선생님이 부르는 〈곤돌라 송〉을 듣기 위해. 마지막 남은 생명의 불꽃을 태워 불러주신 "인생은 짧아요. 사랑을 하세요, 아가씨. 붉은 립스틱이 희미해지기 전에. 심장의 뜨거운 피가 식기 전에. 내일이라 불리는 날은 없어요. 인생은 짧아요. 사랑을 하세요, 아가씨. 검은 머리가 바래기 전에. 마음의 불꽃이 꺼지기 전에. 오늘이라 불리는 날은 다시 오지 않아요"를 새기기 위해.

노래는 내 심장에 작은 불꽃을 일으킨다. 상실의 고통이 두려워 망설이던 일을 용감히 시작하거나, 내 안에 품고만 있던 어떤 말을 밖으로 꺼내게 된다면, 그건 이 노래에 기댄 덕분일 것이다. 내 심장의 불꽃은 노래를 들을 때마다 조금씩 더 커진다.

안티 싱글 라이프

혼자 살아온 지도 20년을 넘겼다. 원래도 까칠한 사람이 혼자 사는 기간이 길어지다보니 점점 나밖에 모르는 사람이 되어가는 것 같기도 하다. 결혼이든 동거든 누군가와 함께 산다는 일은 상대를 배려해 나를 조금씩 깎아가며 맞춰가는 일이다. 희생과 성찰의 시간이 따라올 수밖에. 그런 기회 없이 오직 나만 중심에 놓고 살아가면 되는 싱글 라이프 20년에 남은 건 타협을 모르는 올곧은(?) 성격뿐인 건가. 어찌나 곧은지 툭 치면 부러질 것 같다. 이제 다른 사람과 함께 사는 일은 상대가 애인이든, 친구든, 엄마든 어렵지 않을까. 이렇게 살아온 삶에 후회는 없다. 다시 선택하라 해도 나는 똑같이 혼자 사는 삶을 선택할 것 같다. 어쩌면 젊은 날에 결혼생활을 짧게라도 해봤기 때문에 가지 않은 길에 대한 미련이 없는 건지도 모르지만.

싱글, 여성, 여행작가. 어떻게 보면 제법 근사한 조합이라 오해를 사기 딱 좋다. 자유롭게 세계를 여행하며 살아가는, 거칠 것 없는 삶을 연상하기 쉬우니. 사실이 아니라고 강력히 부인할 수는 없지만 모든 일에는 이면이라는 게 있다. 양지가 있으면 그늘이 있는 법. 이 삶의 양지만을 부러워하는 이들을 만나면 음지의 이야기를 건네게 된다. 한마디로 내 자유로움은 경제적 불안함과 동의어다, 외로움과 불안함을 반반씩 섞어 자유 위에 덧바른 삶이다, 등등. 결국 우리는 저마다 각자가 선택한 삶을 살아가는 것뿐이라고. 다 가질 수 없으니 더 절실한 것을 끌어안고, 그걸 지키려 애쓰며 살아가는 거 아니냐고. 내게는 가족이나 사회적 성취 같은 것보다 길 위의 삶이 가장 간절했다. 간절한 것 하나를 얻기 위해 다른 것을 내려놓아야만 했다.

정규 직업 없이 프리랜서로 일하며 살아가니 나이들수록 화려함과는 더 멀어진다. 그저 좋아하는 일을 하며 근근이 살아간다. '지속 가능한 적자 인생'을 끈질기게 살아내는 중이다. 넘치도록 가진 건 시간뿐이라 시간 부자를 자처하며 지낸다. 사실 시간에 쫓기지 않고 살아간다는 건 굉장한 특혜다. 다른 모든 불편함을 기꺼이 감수할 만큼. 아무리 많은 돈을 번다 해도 인생을 누릴 충분한 시간이 없다면 그 돈은 무슨 의미일까. 출퇴근 시간에 맞춰 사는 일상이 아니니 언제 어디서나 산책이 가능하다. 하늘 한번 올려다볼 여유도 없이 살아가는 직장인에 비하면 계절의 변화를 오롯이 누릴 수 있다는 것만으로도 큰 위로가 된다. 온종일 소설책을 붙잡고 집밖으로 나가지 않을 수도 있다.

돌보거나 신경써야 할 다른 이가 없으니 내 삶의 많은 것을 오직 나에게 맞춰 결정할 수 있는 것도 장점이다. 누구의 눈치도 보지 않고, 나를 중심에 놓고 살아가면 되니 삶이 훨씬 간결해진다. 내가 원할 때 원하는 일을 할 수 있다. 내 취향에만 맞춰서 집을 꾸밀 수 있다. 아이가 없으니 거실의 우아함을 단번에 깨뜨려버리는 고무 매트를 깔아야 할 일도 없다. 커튼 색도, 거실 벽지도 내 마음대로 고를 수 있다. 끼니를 해결하는 일에서도 자유롭다. 아무것도 먹기 싫다면 안 먹어도 그만. 일식일찬을 차려도 뭐라 할 사람이 없다. 세 끼 연속 식은 카레를 데워 먹어도 나에게만 미안하면 된다. 마법 같은 일은 내가 어지르지 않는 한 집이 결코 지저분해지지 않는다는 점이다. 옷 좀 아무데나 벗어두지 말라고 잔소리를 할 일도, 화장실 앞에서 그만 좀 나오라고 소리지를 일도 없다. 신발장을 혼자 쓴다는 것도 즐겁다. 삶의 모든 것이 단출하다. 일상의 사소한 습관을 맞추기 위해 실랑이할 필요가 없다. 무언가를 결정할 때 누군가의 동의를 구하거나 배려를 받아야 할 일도 드물다. 확실히 에너지를 절약하며 살 수 있다.

그런 만큼 삶에서 일어나는 일에 대한 책임도 오롯이 혼자만의 몫이다. 이 삶에는 외로움이 불치병처럼 따라온다. 사실 외로움은 내가 지닌 가장 큰 자산이자 가장 가까운 벗이었다. 외로움으로 인해 조금 더 예민해질 수 있었고, 외로움으로 인해 타인에게 다가갈 수 있었고, 외로움으로 인해 읽고 쓰는 삶을 살게 되었으니. 싱글 라이프의 첫번째 조건은 외로움과 잘 사귀는 게 아닐까.

그럼에도 어떤 때는 외로움이 지나쳐 서러움으로 치밀

어오른다. 몸이 아플 때 아프다, 아프다 표현하고 위로받다 보면 통증도 조금은 잊기 마련인데 혼자서 그저 견뎌야 하니 에누리도 없이 100퍼센트를 고스란히 앓는 것 같다. 세상의 거친 파도에 휩쓸려 흠뻑 젖어 돌아오는 날이면 투정 부리듯 하소연할 사람이 없어 더 쓸쓸해진다. 동거인은 내 감정의 배출구가 아니지만 그래도 가끔은 시시껄렁한 이야기부터 부끄러운 뒷말까지 털어놓을 이가 곁에 있으면 하고 바랄 때가 있다. 햇볕 잘 드는 거실에서 각자 책을 읽거나 글을 쓰다가 주말에는 영화나 보러 갈까? 묻는 오후. 한 사람은 빨래를 개고, 다른 이는 설거지를 하다가 문득 올해 휴가는 어디로 가지? 같은 이야기를 툭툭 주고받는 저녁. 이런 풍경을 가끔은 그리워하게 된다. 비 내리는 골목을 혼자 걸어 집으로 오는 늦은 밤, 그날따라 우산도 없이 걸어야 한다면 누군가 마중을 나와줬으면 하고 바라게 된다. 싱글이 아닌 이들도 그런 일을 늘 기대하며 살 수는 없겠지만 말이다. 통장 잔고가 0일 때 그걸 채워줄 사람을 원하지 않는다. 그 숫자를 함께 들여다보며, “또 0이네. 정말 신통방통한 능력이야. 탕진의 신이라니까”라는 말로 웃어버릴 수 있게 만드는 사람, 답답하거나 어려운 상황도 웃어넘길 수 있게 만들어주는 그런 사람이 있으면 좋겠다고 생각하곤 한다. 하지만, 그런 생각은 잠시뿐. 역시 싱글로 살며 누리는 자유로움을 포기하기가 쉽지 않다. 이제 너무 몸에 잘 맞아 벗을 수 없는 옷이 되었다고나 할까.

싱글로 사는 한 생계를 책임지는 일도 온전히 혼자 해내야 한다. 지금껏 내 힘으로 생계를 해결해와서 뿌듯하지만, 밥벌이를 언제까지 할 수 있을까 생각하면 조금 답답해지기도 한다. 저축이나 집도 없이 일용직 노동자처럼 사는 삶이 힘에 부칠 때도 있다. '통장 잔고 0'을 겪은 건 여러 번, 동생이 건네준 마이너스 통장에 기대어 산 적도 두어 번 있다. 다음달 수입을 알 수 없는 불안한 삶을 쭉 이어가야 하니, 아무리 내일이 없다는 듯 살아가는 나라 해도 가끔은 한숨이 나온다. 티베트에는 이런 속담이 있다. "걱정을 해서 걱정이 없어지면 걱정이 없겠네." 그러니 걱정은 미루고 그저 오늘을 살 수밖에.

일상을 부지런하고 단정하게 꾸려가는 일에서도 싱글라이프는 조금 불리하다. 잔소리하거나 지켜보는 이가 없으니 일상이 무너지기 쉽다. 미루고자 하면 무엇이든 하염없이 미룰 수 있다. 그러니 반복되는 일과를 성실히 해내려는 자세가 필요하다. 매일 해야할 일들을 해내려고 애쓴다. 식물에 물을 주고, 청소기를 돌리고, 매끼 밥을 차려 먹고 설거지를 미루지 않는 일 같은.

어쩐지 '안티 싱글 라이프'에 관한 글이 되어버린 것 같은데, 이러니저러니해도 이 고요하고 평화로운 삶이 내 체질에 맞다. 다시 누군가를 사랑하게 된다 해도 함께 살 생각은 없다. 각자의 공간을 가진 채 주말을 함께 보내는 정도가 딱 좋지 않을까.

혼자라는 사실에 새삼 마음을 다치는 밤이 찾아올 때면 커튼을 열고 창밖을 바라본다. 건너편 산등성이 아래 무수한 불빛이 일렁이고 있다. 모르는 이들의 사연이 불빛 하나마다 매달려 있다. 나처럼 잠 못 이루며 뒤척이는 이가 있을 거라고, 알 수 없는 내일에 대한 불안함을 끌어안고 혼자 견디는 이가 있을 거라고 그렇게 상상해보면 쓸쓸함이 조금은 희미해진다.

은수저를 팔던 저녁

은수저를 팔아 그릇을 샀다.

내게도 시집가던 날이 있었고, 그때 받은 은수저 두 벌이 있었다. 누구에게서 받았는지는 기억나지 않는다. 엄마가 아니라면 시댁에서 해주셨을 것이다. 집을 떠나는 딸에게 혹은 식구가 되려고 오는 며느리에게 건강과 무병장수를 기원하는 마음을 담아 건넸을 은수저. 결혼반지는 진작에 팔아서 세계 일주 여비에 보탰는데, 은수저는 무슨 기념품이라도 되는 듯 여태 들고 다녔다. 부부의 화합이나 자손의

번창을 기원하는 의미가 담기지 않은 물건이어서였을까. 독성이 묻으면 변한다는 은이 내가 걸어갈 길을 투명하게 비춰주기를 바랐던 걸까. 20년의 세월이 흐르는 동안 젓가락 네 짝 중 하나를 잃어버렸고, 은의 색은 검게 변해 있었다. 한 번도 써보지 못한 은수저는 결국 남의 손에 넘어가 새롭게 태어날 운명이 되는구나. 잠깐 들여다보다가 남은 숟가락 두 개와 젓가락 세 개를, 경주에 들고 갈 짐 안에 넣었다.

서울도 아니고 경주까지 내려와 은 공방 문을 밀고 들어설 때 마음의 일렁임 같은 건 조금도 없었다. 생각지도 못한 눈물 한 방울이 또르르 굴러떨어져 화들짝 놀라는 일도 없었다. 내가 가지 않은 길, 아니 가다가 되돌아 나온 길에 대한 애잔한 미련 같은 감정에 잠시 가슴 한쪽이 아릿해지는 그런 일조차 생기지 않았다. 그저 은수저를 팔고 받은 돈으로 다음날 그릇을 사러 갈 생각에 살짝 들떴을 뿐.

공방 유리장 위에 은수저를 올려놓고 주인을 기다리는 동안 은수저에 남은 세월의 흔적이 눈에 들어왔다. 여태 은수저 두 벌을 버리지 못했던 이 마음은 무엇이었을까. 내가 포기한 어떤 삶에 대한 마지막 은유였을까. 한때는 나도 다른 삶을 살려고 했다는 유일한 증거로 결혼사진이나 결혼반지 대신에 나는 이걸 간직했던 걸까. 내가 바라는 삶이 결혼이라는 제도 안에서는 가능하지 않다는 걸 확인하고 다른 길을 선택한 이후 나는 원했던 삶을 살아온 걸까. 자유로운 대신 외로운 이 길 말고 다른 선택이 없었을까. 타협이나 희생, 양보 같은 단어들과 나는 그토록 거리가 멀어야만 했던 걸까. 이런 부질없는 질문이 은수저 위로 떠올랐다.

먹어보지 않고도 내 입에 맞지 않을 거라고 느껴지는 음식이 있는 것처럼 내게는 결혼이 그랬다. 그런데도 결혼을 했다. 오래 사귄 남자가 있었으니까. 약혼하고 영국도 함께 다녀왔으니까. 결혼하지 않고 연애만 하며 살면 안 되냐고 묻는 내 앞에서 눈물부터 흘리는 엄마를 봤으니까. 이런 이유들을 대며 나 자신과 했던 타협이 결혼이었다. 8년을 연애하고 결혼한 남자는 순하고 배려심 많은 성정이었다. 시부모님도 억지가 없었다. 그런데도 결혼 이후 나는 내내 어색했다. '아내'라는 새 이름도 어색한데 '며느리'라는 역할은 몹시 버거웠다. 몸에 맞지 않는 옷을 입고 거리를 돌아다니는 것 같았다. 결정적 계기는 결혼 후 두번째 맞은 여름휴가였다. 그때 다니던 직장은 여름휴가를 한 달씩 주었고, 그 한 달간 한 나라를 여행하기 위해 나는 직장생활을 버티고 있었다. 결혼한 해에도 나는 인도로 혼자 떠났다. 결국 내가 한국에 없다는 사실이 드러났지만 같이 살던 남자는 회사 일로 출장을 갔다고 얼버무리며 마무리해줬다. 시부모님은 별말 없이 넘어가셨다. 다음해, 나는 다시 혼자 티베트로 떠났다. 3주 동안의 티베트 여행을 마치고 홍콩으로 건너왔고 며칠 후 귀국할 예정이었다. 느긋한 마음으로 전화를 걸었더니 내 외유는 또 발각된 상태였다. 시할머니께서 쓰러지셨는데 나만 문병을 가지 않아서였다. 나는 항공권을 변경하고 일정을 당겨 돌아왔다.

병원으로 가는 길, 내 안에서 죄인이 된 기분과 이런 감정에 대한 반발감이 팽팽히 맞섰다. 그제야 결혼의 무게가 내 어깨를 짓누르고, 결혼에 따르는 책임과 의무가 선명하게 다가왔다. 시어머니는 "미리 얘기라도 좀 하고 가지 그랬니?" 한마디로 넘어가셨다. 지금 생각해도 점잖은 분들이셨다. 그 일은 그렇게 지나갔지만 내게는 남았다. 내가 내 휴가를 쓰는데 왜 시댁 눈치를 봐야 하는 거지? 같이 사는 남자가 동의한 일인데—그가 즐거운 마음으로 동의하지 않았을 수도 있지만 나는 그것까지는 고려하지 않았다—왜 눈치를 봐야 하지? 그동안은 내가 선택한 일에 가족의 동의를 구하지 않아도 되었는데 왜 결혼과 동시에 가족이 된 사람들을 먼저 배려해야 하는 걸까. 납득할 수 없었다. 누구의 눈치도 보지 않고 내 삶을 살고 싶다. 엄마나 며느리, 아내가 아닌 나로 존재하고 싶다. 내 삶의 중심에 나를 놓고 싶다. 그런 갈망이 자꾸 자라났다. 내 안에는 아직 수많은 가능성이 있는 것 같은데 아내나 며느리로 살아야 한다니 이상했다.

무엇보다 그가 원하는, 아이를 낳아 키우며 살아가는 '평범한 삶'을 살아갈 자신이 없었다. 그때는 어렸다. 평범한 삶이 얼마나 어려운지를 몰랐으니. 선 밖으로 뛰쳐나가는 일만큼이나 선 안에 남는 일도 용기가 필요한 일이라는 걸 헤아리지 못했다. 내가 선택한 삶이었는데도 내 삶을 가족에게 저당잡히는 것 같았다. 이건 아니지, 여기는 아닌 것 같아. 더 넓은 세상에 나가 다른 사람들의 삶을 보며 나를 찾고 싶었다. 나는 가정이라는 울타리 밖으로 나갈 준비를 시작했다. 누구에게도 이해받지 못했고, 내 편은 아무도 없었다. 결혼 후 1년 8개월 만인 3월 1일, 독립 만세를 외치며 혼자가 되었다. 혼인신고도 하지 않았던 터여서 이혼은 간단했다. 집을 빼고 짐을 싸서 나오는 걸로 끝이었다.

3년 후 회사를 그만두고 세계 일주를 떠났다. 살아오는 동안 한 번도 그 결정을 후회한 적이 없다. 그때의 나는 누군가의 아내나 엄마가 되기에는 지나치게 이기적이었다. 내 그릇은 나 하나를 품기에 적합했을 뿐, 그 사실이 못내 슬프거나 아쉽지는 않았다. 나는 내 그릇의 크기에 맞는 삶을 살아왔으니까. 누구의 삶이 더 낫거나 못하거나 한 건 아니다. 나는 그저 혼자서 살아갈 때 내가 지닌 역량을 최대로 쓸 수 있는 사람이었을 뿐. 다만 헤어지는 과정에서 그는 물론이고 양쪽 가족 모두에게 깊은 상처를 남긴 일은 여전히 마음에 남아 있다. 그후 내 마음을 다치는 일이 생길 때마다 그때 내가 한 일의 업보를 치른다는 생각이 드는 걸 보니.

은 공방을 나서니 거리는 이미 어둠에 잠겨 있었다. 은수저를 팔러 갔지만 내 손에는 은수저가 여전히 남아 있었다. 내가 가져간 은수저는 두 벌이었다. 한 벌은 엄마가 며느리를 맞을 때 받아 내게 넘겨준 거였다. 두 벌을 다 팔려는 나를 공방 주인이 말렸다. "쉰이 넘으면 은수저를 쓰는 게 좋아요. 은수저를 쓰다보면 은이 닳아 그걸 먹게 되는데 은이 몸에 들어가면 기생충도 안 생겨요." 옆에 있던 히어리 언니가 맞다고 맞장구를 쳤다. "건강을 위해서 은수저를 쓰세요." 그는 재차 권했다. 사실 나는 건강보다 다른 이유에서 흔들렸다. 이 은수저마저 팔아버리면 내 돈 주고 은수저를 사는 일은 없을 거라는 예감이 들었다. 내가 원해서 갖게 된 은수저는 아니지만, 은수저를 쓸지 말지는 스스로 결정할 수 있었다. 그 정도는 내가 할 수 있는 선택이었다. 나는 '금수저'로 태어나지는 못했지만 은수저로 밥을 먹는 사람이 되기로 했다. 그가 깨끗하게 닦아준 은수저를 가방에 소중히 챙겨넣고 공방을 나섰다.

은수저를 판 돈을 들고 다음날 히어리 언니와 도계요의 작업실을 찾아갔다. 주로 선물할 그릇을 골랐다. 소처럼 맑고 순한 눈을 한 강준호 도예가는 은수저를 팔아서 그릇 사러 왔다는 내 말에 큰 눈을 더 크게 뜨며 어쩔 줄 몰라하는 표정을 지었다. 꽤 많은 그릇을 헐한 값에 살 수 있었던 건 아마도 그 말 덕분이었을 것이다. 내가 산 그릇은 순천으로, 제주로, 부산으로 갈 예정이었다. 그릇을 받은 이들은 내 청춘의 시간 한 자락을 함께 받게 되는 거라고 생각하면서 나는 우체국 저울에 택배 상자를 올렸다.

육체의 쾌락

내가 대학생이던 시절, 이라고 쓰고 보니 전생의 일처럼 아득하다. '만약'이라는 의미 없는 가정을 해보자. 다시 그 시절로 돌아간다면 나는 대학에 가지 않을 것이다. 1년치 등록금으로 여행을 떠날 것이다. 뒤도 돌아보지 않고. 30년 전에는 인생의 길이 하나뿐인 줄 알아서 나는 대학에 갔고, 학교는 늘 소란했다. 민주화를 요구하는 집회가 자주 열렸고, 강의실에서 듣는 수업보다는 잔디밭에서 벌이는 음주 토론이 대세였다. 집회가 있는 날이면 긴장을 풀기 위해서인지 족구판이 자주 벌어졌다. 족구는 나와 잘 맞았다. 중고등학교 체육 시간 단골 메뉴였던 피구에서 내가 끝까지 살아남지 못한 이유는 운동신경이 둔해서가 아니었다. 나는 비명을 지르며 공을 피하기보다는 용감하게 공 앞으로 돌진하는 성격이었다.

허벅지 근육이 점점 단단해지던 대학 시절의 마지막 봄, 종합체육대회에 여자 족구 부문이 생겼다. 남자들의 족구판에 곧잘 끼어들던 정치대 여학생들이 자연스레 모였다. 우리가 결승까지 올라간다면 맞붙을 상대는 명확했다. 기수별 위계질서가 엄격했던 축산대. 선배들과 맹훈련을 한다는 소문이 자자하던 곳이었다. 종합체육대회 우승기를 가장 많이 가져가던 단과대이기도 했다. 결승전까지 가는 길은 시시할 정도로 쉬웠다. 마침내 결승의 상대는 예상대로 축산대. 모든 결정적인 날에 그러하듯 결승전이 열리던 날은 아침부터 비가 내렸다. 선배들은 긴급히 비옷을 구해와 훈장 수여식이라도 하는 듯한 엄숙한 얼굴로 검정 비닐봉지를 우리 어깨 위에 덮어씌웠다. 구멍 뚫린 쓰레기 봉지를 뒤집어쓴 여전사들은 좀 우스워 보였지만 눈빛만큼은 활활 타올랐다. 우승을 못 하면 장렬히 전사라도 할 것 같은 비장함이 서린 얼굴이었다. 사회과학관 앞 족구장은 여자 족구 결승전을 보겠다고 몰려든 관중으로 붐볐다. 빈자리로 강스파이크를 절묘하게 꽂아 넣거나, 날아오는 공을 바운드 없이 헤딩으로 받아낼 때면 관중석에서는 기막혀하는 탄성이 터졌다. 주로 남자들이었다. 그 소리를 응원가 삼아 몸을 아끼지 않고 뛰었다. 빗물에 미끄러져 넘어지기도 하고 때로는 헛발질도 했지만 그 무엇도 우리를 멈추게 하지 못했다. 물방울과 땀방울이 뒤섞이고, 빗소리에 거친 숨소리가 뒤엉켰다. 승부를 가르는 공이 흙탕물을 일으키며 상대의 코트 선에 아슬아슬하게 꽂히던 순간, 우리는 달려가 서로의 젖은 몸을 뜨겁게 끌어안았다. 모두의 얼굴에는 눈물인지 빗물인지 모를 물방울이 가득 맺혀 있었다. 운동해서 이룬 성취로는 태어나 처음 느껴본 희열이었다. 그전까지만 해도 내게 운동이란 남자들 영역이거나 체육 특기자의 몫일 뿐이었으니.

몸 쓰는 일의 쾌락을 알아버린 후 삶은 달라졌다. 스쿼시와 라켓볼을 거친 후 30대 초반의 나는 주말마다 암벽등반을 하려고 인수봉 아래에 서 있었다. 허리에 벨트 하니스를 차고 머리에 헬멧을 쓴 채 얼굴은 긴장으로 하얗게 질려 있었다. 손바닥에 땀이 배었고 배가 꼬이는 것 같았다. 허리에 묶은 밧줄 매듭을 몇 번이나 확인해도 두려움은 줄지 않았다. 초크를 바른 양손을 바위 사이의 가는 크랙에 끼워 넣고, 심호흡하고서 바위의 살짝 튀어나온 부분에 한 발을 올리며 몸을 끌어올렸다. 허벅지가 팽팽히 긴장하며 근육이 터질 것처럼 당겼다. 한 동작을 겨우 해냈는데 더 어려운 다음 동작이 기다리고 있었다. 2센티미터 남짓 튀어나온 모서리에 온몸의 무게를 싣고 균형을 잡아 옆으로 건너가야 했다. 발가락에 힘을 제대로 싣지 못해 미끄러지며 몸이 떨어지는 순간, 겁에 질린 목소리로 "추락"을 외쳤다. 위에서 내 안전을 확보해주던 선배는 이미 밧줄을 당기고 있었다. 팽팽해진 밧줄을 힘줄이 튀어나올 정도로 움켜쥔 채 나는 숨을 헐떡였다. 추락의 공포는 결코 익숙해지지 않았다.

겁쟁이에 타고난 몸치라 열등생이었던 나를 끝까지 놓지 않았던 건 K 선배였다. 일요일 새벽 5시면 전화가 울렸다. 수화기를 들면 늘 같은 톤의 같은 대사가 들렸다. "자냐. 배낭 메고 나와라." 일요일 오전의 달콤한 잠을 포기하고, 흑마법사의 주술에라도 걸린 듯 비척이며 일어나 인수봉으로 향했다. 밧줄에 의지해 암벽을 오르는 일은 겁쟁이인 나에게 화성 탐사에 비견할 만한 모험이었다. 오로지 눈앞의 바위에 온 신경이 쏠려 눈빛만으로 바위를 태울 수 있을 것 같았다. 수험생 시절에도 그런 집중력은 발휘해본 적이 없었다. 바위와 나밖에 존재하지 않는 순수하고 투명한 세계가 눈앞에 있었다. 절대로 할 수 없을 것 같았던 동작을 해냈을 때, 오를 수 없을 거라고 생각했던 루트로 정상에 올랐을 때, 내 세계는 넓어졌다. 그렇게 나를 키워준 선배가 키르기스스탄에서 암벽등반을 하다가 낙석에 맞아 세상을 떠났다. 나는 자연스레 암벽과 멀어졌다. 무엇보다 암벽등반은 혼자서 할 수 없어 나보다 실력이 뛰어난 누군가에게 늘 의지해야 했다. 매번 추락의 공포에 시달리는 스트레스도 더는 견디기 힘들었다.

수영을 배울 때도 내 몸은 기대보다 느렸지만 기능은 쓸수록 향상됐다. 몸이 가진 무한한 탄력성이 놀라웠다. 짧은 팔다리에 통통한 내 몸, 다이아몬드같이 경직돼 있던 내 몸이 조금씩 긴장을 풀며 뻗어나가는 변화를 사랑스러운 눈길로 지켜보았다. 새로운 운동은 새로운 세계였다. 몸의 한계를 넓힐 때마다 정신의 지평까지 확장되는 듯했다. 이런 얘기를 침 튀겨가며 하고 있을 때 친구가 조용히 한마디 했다. "우리 나이에 몸은 쓰면 쓸수록 닳아." 그야 당연한 이야기지만 닳을까봐 몸을 아낀다고 내 삶이 즐거울까. 적당히 써주어야 더 건강히 오래 살 수 있지 않을까? 어차피 주어진 몸, 즐겁게 쓰다가 죽고 싶다. 몸을 쓰는 습관을 익히지 못하고 보내버린 내 10대가 아까울 따름이었다.

여행에서 만나는 서양 여자들은 달랐다. 그들은 야외에서 몸 쓰는 일에 거리낌이 없었다. 오래전 스코틀랜드를 여행하다 마주친 여성이 크로스컨트리가 취미라고 한 적이 있다. 그때는 그게 뭔지도 몰라서 한참을 되물어야 했다(인터넷 검색을 해보면 '자연 지형을 이용한 가혹한 장거리경주'라고 나온다). 그녀들은 비가 오나 눈이 오나 밖으로 나가는 일에 두려움이 없었다. 나이를 의식하는 말도 별로 하지 않았고, 육체적 제한을 스스로 가하는 일도 드물었다. 산티아고를 처음 걸었을 때는 혼자 걷는 70대 할머니가 많다는 점이 충격적이었다. 그 여인들과 래프팅이나 카약을 함께할 때면 그들이 발휘하는 압도적 힘에 놀라곤 했다. 어지간한 남자 못지않았다. 그에 반해 나를 비롯한 동양 여자들은 힘이 죄다 목으로만 몰렸다. 비명이나 있는 힘껏 질러댔을 뿐이니. 노젓는 시늉만 하다가 균형을 잃고 물에 빠지거나 보트를 뒤집고 마는 단골 주범이었다. 육체를 단련할 기회도 자주 얻지 못했고, 더욱이 예전에는 보호를 필요로 하는 연약한 여성의 이미지가 선호되던 문화 속에서 자랐으니 당연했다.

어째서 몸을 써서 얻는 쾌감은 돈을 써서 얻는 쾌감보다 더 강렬할까? 내 몸을 매개로 한 쾌락은 쉽게 훼손되거나 사라지지 않는 어떤 본질적인 감각이다. 속일 수도, 그냥 얻을 수도 없다. 몸을 움직이고 사용해야만 만들어낼 수 있다. 지극히 정직하고 투명한 감각이다. 요즘 우리 삶은 간접 경험이 압도하고 있다. 남의 삶을 유튜브로, TV로 시시콜콜하게 들여다보며 살아간다. 야구를 관람하고, 소셜 미디어에 하트를 찍거나 '좋아요'를 누르고, 기사에 댓글을 다는 삶은 관찰자의 삶이다. 나는 삶을 관찰하기보다 경험하고 싶다. 삶이 줄 수 있는 더 많은 쾌락을 내 손으로 찾아내 누리고 싶다. 내 삶의 즐거움을 타인의 삶을 들여다봄으로써가 아니라 나만의 온전한 경험을 통해 스스로 찾고 싶다. 몸의 한계를 넘어서고 가능성을 확장하고 싶다. 내 육체를 매일매일 발견하고 개발하며, 몸으로 나를 표현하고 싶다. 이런 기뿜을 아는 몸이 될수록 외부의 충격에도 쉽게 흔들리지 않는 내면의 단단함이 쌓여간다. 내 육체를 움직여 만들어가는 충만함을 아는 몸은 생활을 꾸리는 일에도 성실해진다. 일상은 생존을 위해 끝없이 반복해야 하는 일들로 이루어진다. 밥을 짓고, 청소나 빨래를 하고, 집안을 정리하는 사소한 일들. 그 일들을 고통 없이 해내야 나는 머리 쓰는 일을 하는 단계로 넘어갈 수 있다. 내 몸이 그 기능을 잘해낼 때 내 영혼도 평안하다.

내가 존경하는 산악인 라인홀트 메스너는 이렇게 말했다. "육체적인 노고, 노력할 때의 고통, 실패할 때의 절망, 이 모든 것은 머지않아 스포츠에만 남게 될 것이다" 나는 운동선수도, 전문 산악인도 아니지만 그 모든 감각을 느끼며 살아가고 싶다.

몸치이면서도 몸 쓰는 일을 즐기는 내 성향은 엄마에게서 온 것 같다. 엄마는 팔순이 넘었는데도 어디 아프시다는 이야기가 거의 없다. 엄마의 삶에는 산책이 필수였다. 구멍가게를 꾸리고, 세 아이를 키우던 시절에도 엄마는 늘 걸었다. 버스비를 아끼기 위해서도 걸었고, 갑갑한 일상에서 잠시 벗어나기 위해서도 걸었다. 비가 오나 눈이 오나 올림픽공원 한 바퀴를 돌며 살았다. 몸이 건강하신 덕분인지 엄마는 갑작스러운 아빠의 부재도 잘 견뎌냈다.

얼마 전 따뜻한 봄날, 엄마와 함께 동네 산책을 하고 있었다. 엄마는 아빠가 돌아가신 후 일흔여덟의 나이에 마라톤을 시작했다. 10킬로미터 단거리지만 봄가을마다 온갖 마라톤 대회에 부지런히 참석한다. 엄마 집 거실에는 엄마가 받은 메달 서른 개가 걸려 있다. 몇 주 전에도 마라톤에 참석했던 엄마가 갑자기 비밀 이야기라도 하듯 목소리를 낮추었다. "나 이번에 꼴찌 했어." 그러더니 깔깔 웃는다. "사실 내 뒤로 딱 한 팀이 더 있긴 했지. 아이 둘을 데리고 뛰던 부부. 근데 거기는 애들 때문에 그런 거니까 내가 꼴찌인 셈이잖아. 달리다보니까 마라톤 대회 입간판 있지, 그게 다 바닥에 쓰러져 있는 거야. 바람에 날렸나 했는데 철거하려고 치워놓은 거였어. 처음 마라톤 시작할 때는 10킬로를 1시간 10분에 뛰었는데, 그다음 해는 20분대, 그다음은 30분대, 이렇게 조금씩 늦어지더니 이번에는 결국 꼴찌까지 왔네. 세상에, 그야말로 꼴찌를 다 해봤어." 다시 깔깔깔. 그런데도 엄마는 굴욕이라고 여기지도 않는다. 엄마는 다음 마라톤 대회에도 나가서 걷는 것보다 조금 빠른 엄마만의 속도로 완주를 해낼 것이다.

엄마는 그런 속도로 달리며 무슨 생각을 할까. 혹시 길을 지나던 누군가가 쳐다보면 어떤 생각이 들까. 타인의 시선은 의식하지 않고, 그저 달린다는 것만으로 행복한 건가. 엄마는 달리기를 하면서 더 자유로워진 걸까. 내 마음속엔 그런 질문이 쌓여갔지만 그러건 말건 엄마는 상관없을 것이다. 발바닥을 아스팔트에 굳건히 딛고 천천히 달려가는 그 감각은 오직 엄마만의 것이다. 얼마나 빨리 달리는지, 얼마나 멀리 갈 수 있는지는 중요하지 않다. 몸으로 대지를 밀어내며 달리는 감각을 느끼는 한 엄마는 엄마 자신의 주인일 테니까.

코로나 2년차인 올해 봄부터 나도 달리기를 시작했다. '런데이'라는 달리기 앱을 깔고 30분 달리기를 하는 8주 훈련을 마치고, 이제 일주일에 세 번씩 달리는 초보 러너가 되었다. 아직은 30분을 겨우 넘길 뿐이지만 바람을 가르며 달려가는 맛을 알아버렸다. 비 오는 오늘, 집안에서 뒹굴고 싶어지는 게으른 내 몸을 일으켜 밖으로 나간다. 남들이 말하는 아름다움과는 무관하게, 쉰이 된 내 몸이 내게는 그저 감사하다. 내가 사랑하는 세상으로 나아가게 해주니. 다리에 힘이 남아 있는 한 매일 산책을 하며, 꾸준히 달리기를 하며 살고 싶다. 조금씩 속도가 느려지겠지만 멈추지 않을 것이다. 엄마의 딸이니 가능하지 않을까.

유목해야 하는데
정착민의 삶이라니

지렁이를 입양했다. 고양이도 아니고 토끼도 아니고 지렁이라니. 장터에서 지렁이 수십 마리를 품에 안고 오게 될 줄이야. 장을 보러 간 길이었다. 통깨와 들기름을 사서 나오는데 입구에서 마르쉐 대표인 보은 언니가 불렀다. “지렁이 좀 데려가지? 나 지금 지렁이 팔아야 해. 지렁이 좀 사.” 그녀는 곧 자루 안에서 모종삽으로 흙을 한 무더기 담아내더니 내 눈앞에 바싹 들이밀었다. “여기 이 꼬물거리는 작은 지렁이들 보이지? 그 집 텃밭에 가서 좀 뿌려줘. 알지? 지렁이가 사는 흙이 얼마나 건강한지? 내가 덤으로 지렁이 더 담아 줄게." 늘 순한 웃음을 짓는 그녀의 눈이 그날따라 절박해 보였다. 같이 간 친구 지영씨와 나는 둘 다 텃밭을 가꾸고 있었다. 거절하기가 애매했다. 우리는 어린 지렁이들이 꿈틀대는 흙 5000원어치를 소중히 안고 시장을 나섰다.

점심을 먹으러 가면서 지영씨에게 물었다. "근데 지렁이는 뭐 먹고 살아요?" "음식물 쓰레기 중에서 채소 잘게 다져서 매일 텃밭에 뿌려주면 돼요." "아니, 그냥 치우는 것도 힘든데 다지기까지 해서 줘야 한다고요?" 비명이 터질 뻔했다. 책임감 제로의 삶을 지향해온 내가 아니던가! "그게 귀찮으면 집에서 음식물 쓰레기로 퇴비를 만들면 되죠. 저는 그렇게 하고 있어요." 도시 농부 코스프레나 하는 나와 달리 그녀는 텃밭에 진심이었다. 자신과 남편의 소변을 모아 액비로 활용하기도 했고, 한때는 지렁이를 사기 위해 낚시용품 가게며 반려동물 가게를 헤집고 다닌 전력이 있었다. 나는 지영씨가 추천한, 퇴비 만드는 도구와 EM 가루를 파는 온라인 상점 링크를 저장했다. 지렁이도 엄연한 생명이니 지렁이를 키우는 일조차 책임이 따른다는 걸 통감하면서 비장한 각오로.

손질하고 남은 채소나 나물을 잘게 다져 지렁이에게 먹이던 어느 날, 솔메와 함께 양재동 화훼시장을 찾아갔다. 온라인으로 공중 식물 몇 개 사본 게 전부인 내게 그야말로 '언노운 월드'가 펼쳐졌다. 세상의 모든 아름다운 식물이 거기 모여 있었다. 은엽 아카시아, 티트리, 올리브, 유칼리, 아라우카리아, 박쥐난이며 밍크 선인장과 고사리. 이국적인 식물들이 시선을 끌었다. 곧게 뻗은 자태는 우아했고 싱싱한 잎마다 윤기가 자르르 흘렀다. 어찌나 튼튼하게 잘 자랐는지 누가 데려가도 죽을 일은 절대 없을 것만 같았다. 식물이 모두 자기를 데려가라고 나를 유혹하고 있었다. '우와 우와 얘 좀 봐. 어머 어머 쟤 봤어? 아아 어쩌지. 도무지 선택을 못하겠어.' 이성의 제어 장치가 툭 끊어진 상태로 어쩔 줄 모르며 이 식물에서 저 식물로, 저 식물에서 다시 이 식물로 우왕좌왕 허둥대고 있었다. 우리는 돌아가는 길이 막힐 테니 네시 반에는 출발하자고, 한 시간만 둘러보자고 다짐을 하고 들어갔다. 정신을 차리고 화훼 단지를 나왔을 때는 일곱시가 다 된 시간이었다. 많은 가게가 이미 문을 닫은 상태였다. 최후까지 손님 역할에 충실했던 셈이다.

솔메의 차 안은 트렁크며 뒷좌석이며 식물로 빈틈없이

들어찼다. 화훼 공판장에 들어서기 전에 나는 솔메에게 단단히 당부도 했다. 나를 말려야 한다고. 솔메는 본인의 의무는 망각한 채 옆에서 적절한 추임새와 감탄사를 연발하며 내 재정을 파탄내는 데 큰 몫을 했다. 블루스타 고사리와 아랄리아 아라리오, 남천과 무화과, 설유화와 립살리스를 사 버렸다. 그나마 다행이라면 외모지상주의에 빠지지는 않았다. 실내에서 키우기에 까다롭지 않은 식물 위주로 골랐다. 환경이 열악해도, 주인이 더러 무관심해지거나 부재해도 끈질기게 살아남을 것 같은 녀석들로. 좁은 거실이 식물로 가득찼다. 그다음 주, 방과후 산책단과 천리포수목원에 갔을 때는 개량종 매발톱과 아네모네, 헬레보루스가 내 품에 안겨 우리집에 왔다.

악순환이 시작되었다. 처음에는 화분이 모자랐다. 마음에 드는 토분은 세트로만 팔아서 세 개를 샀다. 그러다보니 화분이 한 개 남았다. 화분에 맞춰 이번에는 식물을 하나 더 들였다. 흙이 모자랐다. 흙을 주문하고 기다리는 사이, 지영씨가 토분에 심은 무화과를 보더니 혀를 찼다. 토분이 물을 얼마나 잘 먹는데, 무화과는 또 물을 얼마나 많이 먹는데 여기다 심었냐고. 게다가 화분도 작다고. 무화과를 옮겨 심기 위해 다시 대형 고무 화분을 주문. 역시나 흙이 또 모자랄 게 뻔해서 다시 흙 주문. 그사이 인스타에 올라온 상록으아리를 보고 반해서 엄청난 몸값을 지불하고 스카우트. 그러고 나니 상록 으아리를 심을 화분이 또 모자랐다. 흙, 화분, 식물의 악순환이 멈추지 않고 계속될 지경이었다. 급기야는 어느 아침, 청소하다 말고 가구를 재배치했다. 긴 테이블의 의자를 빼서 화분 받침대로 써버렸다. 우리집 큰 테이블에 맞춘 긴 의자 두 개는 여덟 명까지 앉을 수 있어 모임을 하기에 좋았다. 어차피 코로나 때문에 모일 수도 없으니 긴 의자는 쓸 일도 없었다. 화분들을 의자 위에 올려놓았다. 토분에 심은 식물은 이제 쉽게 자리를 옮기기도 힘든 무게였다. 제자리를 찾은 듯 편안해 보이는 식물을 보며 뿌듯해하다가, 문득 이게 뭐하는 짓이지 싶었다. 내년에 여행을 떠나게 되면 어쩌려고 이러는 거지. 뒤늦은 자각이었다. 집을 둘러봤다. 이건 누가 봐도 유목민의 집이 아니었다. 온 집안이 물건으로 가득했다.

언젠가 파리에서 만난 친구 스티브가 생각났다. 그는 할아버지의 유산으로 11년간 세계 일주를 하고 파리에 돌아와서도 짐을 풀지 않고 지냈다. 그의 집에는 박스가 그대로 쌓여 있었고, 가구라고는 거의 없었다. 심지어 냉장고도 텅 비어 있어 그 집에서 잤던 다음날, 우리는 초콜릿으로 아침을 때워야 했다. 그렇게 살지는 못할망정, 평생 유목하는 삶을 살겠다면서 이건 아니지 않나. 쓰라린 자각이 등짝을 후려쳤다. 작년과 올해, 코로나로 여행을 떠나지 못하면서 많은 이들이 실내 인테리어에 돈을 쓴다는 기사를 읽은 적이 있다. 내가 딱 그런 사람이었다. 내 평생 그릇을 이렇게나 사 모은 적도 처음이었고, 식물에 돈과 시간을 쏟는 일도 처음이었다. 이러면 안 되지 싶어서 얼마 전에는 도서관에서 『나는 심플하게 살기로 했다』 『단순한 삶』 같은 책을 빌려보기도 했다. 구구절절 옳은 말이어서 깊이 공감하며 읽었다. 책장을 덮으며 중얼거렸다. 다음 생에는 이렇게 살아봐야지.

물론 나는 여관방에 하룻밤을 머물러도 영원히 머무를 것처럼 유난을 떠는 사람이긴 했다. 소설 「곰스크로 가는 기차」에서 놓친 기차를 기다리는 사이에 안락의자를 샀던 아내처럼. 꽃에 눈이 가고 식물이 좋아지면 나이드는 거라고 했던가. 아침에 일어나 창을 활짝 열고 식물들의 상태를 살피고 물 주는 일을 어느새 사랑하게 되었다. 마다가스카르재스민에 새잎이 났을 때는 너무 기뻐 전화를 돌려 사방에 자랑하고픈 기분이었다. 자식이 대학에 붙은 부모의 마음이 이런 걸까 싶었다. 몬스테라에 생긴 깍지벌레를 잡느라 한동안은 전투에 임하는 장군의 각오로 매일 몬스테라 잎을 들여다보고는 했다. 세면대에 물을 받아 디시디아나 립살리스 같은 공중 식물을 담가두고 온 집안을 꽃으로 장식했다가 시든 꽃을 정리하고 버리는 귀찮은 일들을 기꺼이 해내고 있었다.

초록 식물이 가득한 공간이면 다른 장식이 필요 없었다. 그냥 바라보는 것만으로 내 마음마저 푸르게 물드는 것 같았다. 부암동에 살 때도 그 집을 얻은 이유는 옥상 때문이었다. 드넓은 옥상을 보는 순간, 여기다 나무를 심고 텃밭을 가꾸면 되겠구나 싶어서 전세로 나온 집을 월세를 끼고서까지 얻었다. 지금 사는 집을 고를 때도 2층 거실 앞의 손바닥만한 땅이 결정적이었다. 그 땅에 조팝으로 울타리를 두르고 라일락과 수국도 심었다. 한쪽에는 루콜라, 바질, 딜, 고수 같은 허브도 키웠다. 하도 작은 땅이라 손바닥 텃밭이라고 명명했는데, 솔메가 지적했다. "언니, 솔직히 손바닥은 좀 넓은 느낌이 나거든요. 언니 텃밭은 아주 좁으니까 손가락 텃밭이 맞는 것 같아요."

멋지게 자라서 거실 구석에 놓기만 해도 풍경을 완성하는 그런 큰 식물이 아니라 작은 식물을 사는 이유가 있다. 당연하게도 식물 가격은 키로 결정되는 경우가 많아 클수록 비싸기 때문이다. 또 한 가지 이유는 키우는 재미를 빼앗기고 싶지 않다는 욕심 때문이다. 잎이 네 장 달린 작은 몬스테라를 들였을 때였다. 잎 한 장이 새로 나올 때마다 베토벤의 〈환희의 송가〉가 머릿속에서 울려퍼졌다. 신기하게도 내 몬스테라는 수줍음이 많아서 내가 사흘 이상 집을 비울 때만 잎을 내밀었다. 방과후 산책단 여행을 마치고 집에 돌아오면 돌돌 말린 새잎을 내민 몬스테라가 새침하게 아무 일 없었다는 듯 기다리고 있었다. 이제 내 몬스테라는 열 장의 큰 잎을 가진 중품이 되었다. 이번에 들인 아라리오는 어떻게 자라날까. 이러다 어쩌려나 싶지만, 나중 일은 나중에 걱정하자. 나중에 일어날 일을 미리 걱정하면서 살 만큼 남은 시간이 많진 않으니까. 지금은 그저 초록빛으로 무성해진 거실을 즐길 뿐이다.

식물에 집착하는 모습은 미래의 내 일상을 미리 보여주는 것 같기도 하다. 언젠가 정착민이 되어 서울을 떠나 마당이 있는 집을 구했을 때의 일상. 그 집 마당에는 이런 나무들이 자라고 있다. 봄꽃을 즐기기 위한 불칸목련과 수수꽃다리, 고광나무. 꽃도 열매도 다 누릴 수 있는 앵두나무와 살구나무, 사과나무도 한 그루씩. 가을 단풍을 즐기기 위해 단풍나무도 한 그루 서 있고, 겨울꽃 동백나무와 봄의 전령 매화나무도 한 그루씩 있다. 견과류 애호가답게 호두나무도 빼놓을 수 없다. 울타리는 조팝과 수국, 남천이 돌아가며 두르고 있다. 있지도 않은 정원의 배치도가 이미 완성되어 있다. 새로운 식물을 잔뜩 사다 심은 올봄, 나는 생각했다. 정착하는 삶도 나쁘지 않다는 무언의 메시지에 따라서 미래를 당겨 사는 건지도 모르겠다고. 아주 오랜 시간에 걸쳐서 조심스럽게 말을 거는 존재가 내게도 있다. 긴 겨울 내내 죽은 듯 잠들어 있다가 봄이 되면 끈질기게 살아나 다시 꽃을 피워내고 열매를 맺고, 겨울이 오면 고요히 성장을 멈추는 식물들. 빠짐없이 반복되는 성장과 시듦의 과정을 지켜보면 새삼 깨닫게 된다. 생명이 남아 있는 한 성장은 계속되며, 나 또한 나이와 상관없이 무엇이든 해볼 수 있다는 당연한 사실을.

어쩌면 나에게도 식물이든 지렁이든 뭔가 마음을 쏟을 대상이 필요했던 건 아닐까. 이 식물들은 공중에 뜬 채 살아가는 나를 땅으로 끌어당겨 내려준다. 돌볼 존재가 아무도 없는 내 삶에서 나 말고도 챙겨야 할 생명이 있으니 부지런히 살라고 다독이는 그런 역할. 지렁이의 꿈틀거림이 격려로 느껴지는 날들이다.

냉장고를 포기할 수 없는 삶

한번 올라간 취향은 낮추기 어렵다. 고급스러워진 입맛도 되돌리기는 어렵다. 그 단순한 진리를 코로나로 인해 매일 확인한다. 수입은 가파른 하향곡선을 그리는데 식탐은 줄지 않아 장 보는 일이 고뇌의 연속이다. 이 시기에 이렇게 비싼 식재료를 사는 건 너무 사치스럽잖아. 혼자 먹자고 이런 걸 산단 말이야? 자기검열의 연속이지만 예산도, 양심도 식탐을 이기지는 못한다. 오늘도 장바구니에 담고 만다. 1월의 딸기 한 상자를.

내 일상의 '소확행'은 음식을 만들어 예쁘게 차려 먹는 끼니다. 음식에는 젬병이다. 요리는 시간을 통해 축적된 손맛에 달려 있기에 나처럼 내킬 때나 하는 사람에게는 손맛이 생기지 않는다. 한식의 간을 맞추는 일은 여전히 어렵기만 하고, 제대로 할 줄 아는 요리도 몇 개 없다. 나에겐 손도 많이 가는데다가 손맛까지 필요한 한식보다는 서양 요리가 편하게 느껴진다. 한 가지만 만들어도 되니까. 아침은 대부분 토스트나 치아바타에 과일을 얹은 요구르트나 샐러드, 오븐에 구운 채소 구이를 해 먹는다. 한식은 주로 저녁에, 하루 한 번. 쟁여놓고 먹는 밑반찬이 없어 두세 가지 반찬이 전부인 소박한 상이다.

문제는 가끔 참을 수 없이 먹고 싶어지는 것들이다. 여행의 부작용인지 죄다 이국적인 음식이다. 퀴노아와 과카몰리가 듬뿍 뿌려진 샐러드라든지, 마살라 향이 진한 인도식 카레, 차지키를 바른 플랫브레드나 부라타 치즈 같은 것들. 당연히 여기서는 비싼 식재료들이다. 덕분에 1인 가구인데 엥겔 지수가 4인 가족 못지않다. 외식을 거의 하지 않고, 채소와 해산물을 주로 먹는 식습관에 술 담배도 하지 않으니 이 정도 식비는 감당할 수 있다고 믿어온 터였다. 코로나로 가정 경제가 쪼그라들기 전에는.

나는 식탐을 타고난 사람이다. 아무리 슬프거나 화나는 일이 있어도 식욕을 잃는 일은 없었다. 눈물을 뚝뚝 흘리면서도 밥을 밀어넣고는 했으니. 서운한 일도, 화나는 일도 맛있는 밥 한 끼를 먹고 나면 가라앉고는 했다. 인생이 허무하고 쓸쓸해 모든 일에 의욕이 없을 때조차 식욕은 사라지지 않았다. 가끔은 이런 내가 어이없어 먹기 위해 사는 건가 회의가 들 정도였다.

수입 없이 살았던 지난해 봄, 식비만 줄여도 생활비가 확 줄 게 뻔했다. 일단 비싼 식재료 구입을 자제했다. 냉장고부터 파먹어보자 결심하고 문을 여니 내용물이 우르르 쏟아져내렸다. 치즈와 버터가 종류별로 다 있었다. 냉동고 안에서 개별 포장된 통통한 굴비 열 마리를 보는 순간, 구원받은 기분이었다. 세상에나. 노르웨이산 고등어도 다섯 마리 있고, 오징어와 새우도 있었다. 토르티야에 만두와 떡, 빵, 온갖 견과류는 기본. 곤드레나물과 시래기, 매생이까지 있었다. 만들어놓은 바질 페스토도 다섯 병. 전쟁에 대비해 비축해놓은 식량 창고 같았다. 냉장고만 파먹어도 한 달은 살겠다 싶었다. 냉장고에 식재료를 얼마나 많이 쟁여놓았는지 아무리 해 먹어도 빈칸이 생기지 않았다. 새로 산 요리책에 실린 지중해 샐러드를 해 먹으려고 냉장고를 뒤지니 모든 재료가 있었다. 케이퍼에 안초비, 씨 없는 올리브가 초록색과 검은색 각 한 병씩. 1년에 절반은 밖에 있으면서 이게 무슨 일이람. 이 모든 게 병 때문이다.

내게는 병이 있다. 치유되지 않는 고질병이랄까. 냉장고를 가득 채워놓는 병이다. 냉장고의 빈칸이 많아지면 불안해진다. 식재료가 가득차 있으면 안심이 된다. 일제강점기에 태어나 굶기를 밥먹듯이 하고 자란 세대도 아니면서 이게 무슨 병이란 말인가. 1인 가구인데 650리터 냉장고가 늘 가득차 있으니 병리 현상으로밖에 설명이 되지 않는다. 재료를 버리는 일 없이 다 쓰려 애쓰지만 혼자 사는데다가 자주 집을 비우니 당연히 버리는 식재료들이 나온다. 언젠가 1년 만에 남미 여행에서 돌아온 때였다. 떠날 때는 혼자였는데 돌아올 때는 둘이었다. 집에 도착해 남자친구와 함께 청소를 시작했다. 무려 1년 만의 청소였다. 냉장고 청소를 담당한 그가 나를 불렀다. "와, 그동안 환경주의자라고 감동했는데 배신 당한 기분이네요. 이 유통기한조차 알 수 없는 온갖 식재료라니. 아! 환경을 생각해 쓰레기를 함부로 버릴 수 없어서 모아놓은 건가요?" 할말이 없었다. "아니, 1년 만이라 그렇죠. 평소에는 이렇지 않아요." 변명했지만 먹히지 않았다.

코로나가 창궐한 이후 결심했다. 가난한 사찰의 스님처럼 먹고살기로. 가난한 사찰이라면 사재기는 하지 않겠지. 일단 쇼핑 습관부터 바꿨다. 당장 해 먹을 재료만 구입하는 걸로. 무료 배송 기준에 맞추려고 필요하지 않은 것들을 사는 습관을 버렸다. 귀찮아도 집 근처 한살림 매장이나 마트에 가서 필요한 것만 사왔다. 내가 달래를 사러 가서 정말 달래만 사오다니! 두부를 사러 가서 두부만 사다니! 스스로 감격할 지경이었다. 가난한 사찰은 수입 식재료도 쓰지 않겠지. 리코타와 부라타, 그라나파다노 모두 안녕. 그러다보니 정말로 사찰 음식이 되어갔다. 봄에는 냉이와 달래가 내 식탁의 주재료였다. 매실청, 진간장, 고춧가루를 넣고 달래장을 만들어 곱창김에 현미밥을 올려 싸 먹으면 세상 부러울 게 없었다. 달래가 지겨워지면 두부를 노릇노릇하게 구워 잘 익은 김치와 함께 김에 싸 먹었다. 기가 막힌 비율의 양념에 싱싱하고 아삭한 김치는 근처에 사는 S 선배님이 챙겨주신다. 냉이로는 된장국도 끓이지만, 냉이 파스타를 가장 많이 해 먹었다. 올리브오일을 두른 팬에 마늘과 매운 고추를 넣어 향을 내고 냉이와 달래를 듬뿍 넣은 봄나물 파스타를 먹으면 봄의 기운을 그대로 온몸으로 흡수하는 것 같았다. 구수하고 달큼한 대지의 흙내음이 미치도록 좋아서 몸을 부르르 떨며 먹고는 했다. 혼자서 감동하고, 혼자서 군침을 흘리며 먹는다.

귀한 식재료를 낭비하지 않으려고 이제는 메모를 냉장고에 붙여놓곤 한다.

냉장고: 빨리 먹을 것—브로콜리, 연근, 우엉.

냉동고: 빨리 먹을 것—바지락, 굴비, 떡볶이, 곤드레나물.

그런데도 지병을 고치지 못해 냉장고에는 늘 식재료가 넘친다. 과일 두세 가지는 아무리 빈궁한 시기에도 꼭 갖춰야 하는 사람이니 과일 칸 맨 아래에서 귤이 물러터지거나 아보카도가 썩어가는 일도 자주 생긴다. 떨어졌다고 생각하고 새로 샀는데 냉장고 안쪽에서 똑같은 재료가 발견되기도 한다. 게다가 손은 어찌나 큰지 만들었다 하면 최소 4인분이 기본이다. 카레를 만들면 한 솥. 김치찌개를 끓여도 한 솥. 같은 음식을 서너 끼 연속으로 먹는 고생이 따라온다. 아무래도 전생에 못 먹고 굶어죽은 걸까.

그렇게 한번에 몇 끼니는 될 음식을 만들 때마다 생각하곤 한다. 혼자 사는 일은 여러모로 반환경적이라고. 일단 식재료도 소량 구매가 어려우니 콩나물 한 봉지를 사면 절반은 버리기 쉽다. 1인분을 만들어도 조리에 걸리는 시간은 줄지 않는다. 쓰는 전기나 가스의 양도 엇비슷하다. 무엇보다 혼자 먹는 일은 아무리 맛있는 요리를 해도 기쁨이 적다. 그래서 플레이팅에 더 마음을 쏟게 되는 걸까. 내가 나를 대접하며 먹는 기분을 내기 위해. 밥을 맛있게 먹으려면 누군가와 함께 사는 일도 괜찮겠구나 생각했다.

봄날

벚꽃 엔딩

2년 전 봄이었다. 마음이 널을 뛰던 날들이었다. 하필 잔나비의 〈주저하는 연인들을 위해〉가 유행했다. 때마침 진달래가 흐드러지게 피어나고 있었다. 나는 날마다 앞산을 오르며 진달래의 분홍빛을 들여다보았다. 불현듯 한숨이 났다. 올해도 이 꽃을 혼자 봐야 하는 건가. 내일 질 것을 두려워하지 않고 피어나는 진달래들 사이에 쭈그려앉아 말라붙은 행주처럼 쪼그라든 내 심장을 생각했다. 마지막 연애는 언제였던가. 내 심장이 최후로 한 사람의 눈빛에 두근거렸던 날은 언제였나. 인생을 낭비하고 있는 건 아닐까. 이런 부질없는 생각이 나를 흔들던 날들이었다. 진달래가 지고 나서 나는 제주에 내려갔다. 혼자서 제주의 바다를 걸어다녔다. 눈부신 봄날 바닷바람이 머리카락을 날리고, 하늘에는 뭉게구름이 걸려 있고, 주위에는 연인들이 가득했다. 어디서나 끌어안고, 손을 잡고, 키스를 나누는 연인들이 바닷가를 장악했다.

내게도 얼마 전에 버스 한 대가 지나갔다는 사실이 떠올랐다. 직진하는 마음을 영화의 한 장면인 '20초의 미친 용기'를 인용하며 고백한 그였다. 범생이 스타일의 성실하고 진중한 분위기와 어울리지 않는 저돌성이었다. 나보다 열 살 가까이 어린 친구였다. 어느 물리학자의 강연을 들으러 간 자리였다. 나를 알아본 그가 내 모든 책을 다 읽었다며 눈을 빛내며 다가왔다. 그후 두세 번 만나 차를 마시고 산책한 게 전부였다. 내게는 장벽으로 다가온 나이 차이도 그에게는 아무렇지 않았던 걸까. 아직 젊어서 용감한 건가. 사랑이라기보다는 존경의 감정이 아닐까. 그런 생각을 하며 망설임도 없이 그 마음을 밀어냈다. 고맙기는 했지만 그뿐이었다. 설레는 지점도 없었고, 취향이 비슷한 부분도 안 보였다. 그 일이 불과 한 달 반 전이었다. 봄볕이 완연해지니 아쉬웠다. 내가 잃을 게 뭐 있다고 밀어낸 걸까. 인생에 이런 기회가 몇 번이나 남았는지 모르는데. 어떤 마음으로 어디까지 가게 될지는 모르겠지만, 한번 가보자고 해볼걸 그랬나. 나는 금능 바닷가에 앉아 그에게 편지를 썼다. 우리의 끝이 어떤 지점이 될지 알 수 없지만, 한번 시작해보겠느냐는 편지였다. 제주를 떠나던 날 그 편지를 보냈다. 남의 실패한 연애사라면 귀를 쫑긋 세우고 있을 이들을 위해 과감히 그 편지의 일부를 옮겨본다. 부끄러움은 오로지 나의 몫이니.

벚꽃 흐드러지던 4월의 봄날, 고이치 선생님의 생전장에 다녀오지 않았다면 전 계속 그렇게 마음의 문을 닫아걸고 있었을 테지요. 그날 이후, 저는 고이치 선생님이 불러주신 〈곤돌라 송〉을 종종 듣고는 해요. 언젠가 페이스북에 썼던 대로, 그 노래는 제 마음에 작은 불꽃을 피워냈지요. 노래를 들을 때마다 그 불꽃이 조금씩 커져서 마음의 벽을 녹이고 있고요. 인생은 이렇게 짧은데, 오늘이라 불리는 날은 다시 오지 않는데, 언제까지 상실의 슬픔이 두려워 세월을 흘려보낼 것인지 되묻곤 했지요.

그래서 지금 여기 금능 바닷가에서, 부서질 것을 두려워하지 않고 밀려드는 파도를 바라보며 저도 '20초의 용기'를 내보려 합니다.
우리가 서로에게 뜨거운 불이기보다는 따뜻한 온기가 되고, 서로로 인해 각자 쌓아온 생각의 성이 무너져 세계가 더 넓어지고, 서로에게 기대어 더 용감해지고 착해지며, 서로가 지닌 기쁨과 웃음만이 아니라 슬픔과 눈물도 끌어안으며, 격정보다는 연민으로 서로를 품고, 내일을 계산하거나 두려워하기보다는 오늘을 충실히 누리며, 있는 힘껏 다정함으로 서로의 삶을 충만하게 채우는 존재가 되어줄 수 있을까요? 몇 번의 달이 뜨고 지는 시간, 혹은 몇 번의 계절이 지나가는 동안일지 알 수 없지만, 평행선이던 우리 삶의 두 길을 겹쳐서 이어볼 수 있을까요?

5월이 아니었다면, 제주의 푸른 바다가 아니었다면 결코 부치지 못했을 편지였다. 며칠 후 서울에 올라와 그를 만났다. 저녁을 먹고, 산책하는 동안 내내 망설이던 그가 고백했다. 그사이에 다른 여자와 연애를 시작했다고. 자존심도 상하고 황망하고 어이가 없었지만 품위를 잃을 수는 없었다. 내가 얼마나 '격'을 따지는 사람이었던가. 라면 한 그릇도 냄비째로는 절대 안 먹는 사람이 아니던가. 이 모든 일이 재미있는 농담이었던 양 우아하게 마무리지어야 했다. 나는 겨우 성공했고, 그에게 그런 모습으로 존경 어린 감탄을 들었다. 웃으며 손을 흔들고 돌아서 집 근처 골목에 왔을 때였다. 무릎에 힘이 빠졌다. 택시 뒤에 쪼그려앉았다. 기다렸다는 듯 눈물이 차올랐다. 갑자기 서러워지고 내가 안쓰러웠다. 부끄럽고 바보 같고 한심했다. 사흘 굶고 비까지 맞은 새끼 고양이처럼 낑낑거리며 울다가 솔메에게 전화를 걸었다.

"내가 너무 싫어서 견디기 힘드네."

"언니 사고 쳤구나. 인생에서 친 사고 중에 몇 위 안에 들 것 같아요?"

"5위 안에는 들지."

"그 친구 때문 아니에요?"

솔메답게 그녀는 대번에 맞혔다. 나는 짐짓 아닌 척 어깃장을 놓았다.

"야, 너는 내가 고작 그런 이유밖에 없을 거라고 생각하는 거야? 내가 그렇게 읽기 쉬운 여자야?"

"아니에요? 언니는 8월의 햇살처럼 투명하잖아요."

"내가 뭘 얼마나 그렇게 사고를 치고 울었다고?"

"괜찮아요. 망각은 언니의 가장 큰 재능이에요."

"그건 부인할 수가 없네. 근데 나 너무 단정하게 울고 있어. 소주병도 하나쯤 쓰러져 있고, 마스카라도 번져서 검은 물이 줄줄 흐르고, 붉은 립스틱은 뭉개지고, 하다못해 손에 담배라도 들고 있어야 하는데…… 고작 남의 차 뒤에 쪼그리고 앉아서 맨얼굴로 얌전히 가방 내려놓고 우는 것밖에 없잖아."

뭐 이런 시시한 이야기를 주고받으며 그야말로 눈물 콧물 다 짜며 울고 웃으며 난리를 치던 중이었다. 문득 눈앞의 택시를 보니 운전석 창문이 반쯤 열려 있었다. 전화기를 든 팔에 소름이 돋았다. "근데, 이 차에 사람이 있는 것 같아."

그녀가 새된 비명을 질렀다.

"악! 언니! 당장 일어나요!"

가방을 챙겨들고 허겁지겁 일어섰다. 차에서 벗어나 보니 차 후면에 불도 들어와 있었다. 나는 그길로 집까지 뛰었다. 전력질주를 한 끝에 헉헉거리며 그녀에게 말했다.

"나 정말 왜 이러니."

"언니 진짜 시트콤이다. 그 기사님은 무슨 죄냐고요.

언제 나가야 하나, 언제까지 들어야 하나, 얼마나 괴로웠겠어요."

"난 비극적 멜로의 여주인공이고 싶은데, 왜 늘 코미디로 끝나는 거지?"

그사이 눈물이 말랐고, 나는 아무렇지도 않아졌다. 그날 밤 침대에 누워 이불 킥 몇 번을 하다 잠이 들었다. 다음날 아침, 얹힌 속이 쑥 내려간 것처럼 시원했다. 문 열린 차 안에 앉아 넘어오는 소리를 고스란히 들으며 이러지도 저러지도 못했을 사람을 생각하며 피식 웃었다. 봄이 끝나가고 있었다.

여름이 지나가고, 은행잎이 눈처럼 흩날리는 늦가을도 지나 찬바람 부는 겨울이 기세를 높일 무렵, 세계가 멈췄다. 사랑이나 연애는 사치스러운 감정처럼 느껴지고, 일상을 꾸려가는 것조차 숨이 가쁜 날들이었다. 나는 지난봄을 생각했다. 어떤 닿지 않는 마음의 무게에 대해, 끝내 어긋나버리는 마음의 속도에 대해, 가볍게 나풀거리는 그 마음을 탓하다 내게 맞지 않는 사람이었다고 생각하는 초라한 마음에 대해. 그렇게 지난 길을 더듬어가다보니 그 모든 것이 결국 인생이라는 끄덕거림이 남았다. 잠시 설렜던 그 봄날은 그런 대로 나쁘지 않았다. 부끄러운 실수를 웃으며 넘기는 법을 익혔으니.

어떤 사람은 쉽게 마음을 고백하고, 쉽게 마음을 접는다. 어떤 사랑은 천천히 시작되고, 오래간다. 사랑의 속도는 사람마다 다르다. 나는 말로 사랑을 드러내는 데 신중한 사람이고 싶다. 머뭇거리고, 기다리고, 참을 줄 아는 사람이고 싶다. 내가 애정하는 모든 대상에게 나는 조심조심 손을 내미는 사람이고 싶다. 하지만 삶이 무거운 것들로만 가득하다면? 매일이 주저하고 망설이는 순간으로만 채워진다면? 그런 삶은 또 얼마나 버거울까. 우리의 삶은 가벼움과 무거움이 번갈아가며 만들어내는 화음일지도 모른다. 삶에는 무거운 마음으로 기억해야 할 것들과 가볍게 흘려보내야 할 것들이 공존하니까. 모든 것이 지나치게 무거운 요즘, 봄볕에 흩어지는 꽃잎 같은 가벼움을 소환해서라도 이 한때를 지나가고 싶어진다.

그릇 사치는 무죄

집 나갔던 넋이 그제야 돌아왔다. 손바닥보다 작은 종이 한 장이 손에 쥐어지는 순간, 내가 저지른 짓을 숫자의 동그라미 개수로 확인하니 정신이 아득해졌다. 그날 입금된 재난지원금을 몽땅 쓰고도 모자라 카드까지 그은 상태였다. 생활필수품인 침대나 가구 같은 걸 샀다면 무죄일지도. 나는 변명도 할 수 없는 유죄였다. 3월과 4월 두 달을 수입 없이 보내고 방과후 산책단을 꾸려 오랜만에 약간의 현금을 쥔 상태였다. 산책단을 꾸릴 수 없는 시기를 생각해 저축해도 모자랄 판이었다. 그런데 이게 도대체 무슨 짓이란 말인가.

좋아하는 도예가의 전시를 보러 간 길이었다. 생존 자체가 절박해진 상황이라 이성의 힘을 믿었다. 전시장 문을 여는 순간, 열린 문 사이로 넋이 달아났다. 백토를 파내어 그림을 그리는 박지 기법의 분청 작업으로 이름난 도예가의 작품이 가득했다. 쓰윽 봐도 완벽하게 내 취향의 작품들이었다. 분청의 단아함에 재치 넘치는 그림이 더해져 그림책의 한 장면 속으로 들어선 것 같았다. 초코 아이스크림을 먹을 때의 첫 조카 얼굴 같은, 만족감 가득한 미소를 짓는 물고기. 불만 있을 때의 둘째 조카 입처럼 살짝 튀어나온 부리로 연밥을 까먹는 새. 바람에 날아가는 꽃잎을 향해 걸어가는 닭의 바짝 선 볏. 아기 호랑이의 장난스러운 눈빛. 은으로 채색하고 검은색으로 그린 동물의 선은 거침없이 자유로우면서도 간결했다. 보는 것만으로 기분이 좋아지는 그림들이었다. 활짝 핀 모란이 그려진 다관의 손잡이는 모난 곳 없이 둥글어 작은 내 손에도 착 감겼다. 이 다관에 차를 우리면 모란이 핀 정원에서 차회를 여는 양 기분을 낼 수 있을 것 같았다. 연꽃을 물고 가는 물고기가 그려진 접시는 또 얼마나 앙증맞은지. 할 수만 있다면 전시장의 모든 작품을 다 집으로 옮겨오고 싶었다. 전시장을 떠날 수도 없고, 한 작품만 고를 수도 없어 마음이 조급해졌다. 벅찬 마음을 누르며 들여다보는데 시간이 가는 줄도 몰랐다. 모란이 그려진 분청 다관을 들었다 놓았다 하기를 수차례, 결국 나는 내 인생에 살 일이 있을 거라고는 생각도 못했던 가격의 다완과 찻잔 두 개, 호랑이와 닭과 새가 그려진 공기 세 개를 사고 말았다.

전생에 도예가 밑에서 뼈빠지게 일만 하다 제 그릇 하나 구워보기도 전에 세상을 떠나기라도 했던 걸까. 이번 생의 내가 집착하는 건 그릇이다. 여행을 다니며 박물관을 찾아가도 그릇 앞에 가장 오래 머물게 된다. 고전미의 정점을 보여주는 그리스시대 도자기에는 별로 흥미가 없지만, 터키 이즈믹의 푸른 도자기는 영혼을 팔아서라도 한 점 갖고 싶다. 외로움에 지쳤던 런던에서의 하루를 위로해준 건 빅토리아 앤 앨버트 박물관에서 만난 고려와 조선의 그릇들이었다. 페테르부르크의 에르미타시박물관에서 사온 기념품도 그 도시 도예가의 그릇이었고, 이스탄불 여행의 기념품도 우연히 들어간 여성 도예가의 공방에서 고른 푸른 접시 두 장과 초록 접시였다. 이란에서 우체국을 통해 배송한 푸른색 다구 세트가 깨져 와서 눈물을 찔끔거렸던 일도 있다. 15년 전쯤 책 한 권이 제법 팔려 인세가 좀 들어왔던 시절, 나는 백화점의 〈핀란드 브랜드전〉을 여행 가듯 보러 갔다가 그릇과 다구 세트를 사느라 인세를 탕진하는 '핀란드 대첩'을 치르기도 했다. 이제는 한 번에 원하는 그릇을 다 구매할 만큼의 형편이 안 되니 그때그때 조금씩 짝을 맞춰 산다. 제주도를 다녀올 때면 공항 가는 길에 늘 들르는 공방이 있다. 그곳에서 제주 옹기를 서너 개씩 사온다. 처음 갔을 때는 밥공기 두 개와 국공기 두 개. 두번째 갔을 때는 작은 접시 세 개. 세번째는 조금 더 큰 접시 두 개. 이런 식으로 모으는 재미도 나쁘지 않다.

세월이 흘러도 그릇에 대한 집착은 줄지 않는다. 발리의 우붓에서 겨울을 나던 해에는 아예 작정하고 일본인 도예가의 작업실에서 그릇을 만들어보기도 했다. 흙을 만지고 있으면 내가 대단한 예술이라도 하는 것 같은 기분이 들었다. 차갑고 미끈거리면서도 손에 감겨드는 흙을 주물럭거려 모양을 잡고 빗금을 긋거나 동그라미를 그려 내 나름의 디자인을 하는 과정도 즐거웠다. 유약의 색을 골라 접시를 양손으로 잡고 덤벙 집어넣어 색을 입히는 과정도. 무엇보다

가마에서 구워진 결과물을 보기 직전의 심장이 콩닥거리는 느낌은 매번 새로웠다. 딱 거기까지였다, 즐거운 시간은. 접시 두 개를 받아보고서야 깨달았다. 내가 만들 수 있는 그릇과 내가 갖고 싶은 그릇 사이에는 지구와 화성만큼의 간극이 있다는 사실을. 그냥 사서 써야겠다고 마음먹었다.

그릇을 사는 데에는 물론 나름대로 원칙이 있다. 아무리 눈길을 끌어도 우리집에 어울리지 않을 그릇이라면 사지 않는다. 어느 겨울 모스크바를 여행할 때 매일 임페리얼 포슬린 매장 앞을 지나다녔다. 러시아 황실 도자기였던 임페리얼 포슬린은 화려하고 아름다운데다가 가격도 한국 판매가에 비해 정말 쌌다. 세 번쯤 매장에 들어갔지만 결국 무늬가 잔잔한 커피잔 두 개만 골랐다. 색감이 너무 화려해 우리집에는 어울리지 않았기 때문이다. 또하나의 원칙은 쓰지 않을 그릇은 사지 않는다는 것. 찬장에 고이 모셔두다가 관에 들어갈 때 넣어갈 것도 아니니 사들인 그릇은 이번 생 내내 쓰고 또 쓴다. 아무리 비싸고 귀한 그릇이라도 사용하지 않으면 의미가 없다. 비싸서 오래 망설이다 산 그릇일수록 더 자주 쓴다. 마치 이번 생에서 본전을 다 뽑겠다는 각오라도 한 듯이. 다만 씻을 때 이가 나가거나 깨지지 않도록 조심

조심 다룰 뿐.

도자기로 만든 그릇이 특별한 건 거기 깃든 손길과 시간 때문일 것이다. 사람이 흙을 골라 모양을 빚고 유약을 바르고 가마에 불을 때 구워낸다. 긴 시간을 거쳐온 기물이 높은 온도를 견디고 살아남았다. 흙을 고를 때부터 장작을 다지피고 가마 문을 열기까지 그릇을 빚은 사람은 내내 조심스러운 날들을 보낼 것이다. 숫돌에 방금 갈아낸 칼처럼 날이 선 예민한 신경을 애써 누르면서. 1200도 열기의 가마 안에서 온몸으로 활활 타오르는 불길을 견디는 그릇을 바라보는 도공. 그 뒷모습을 떠올리면 먼길을 홀로 걸어가는 수행자가 연상된다. 성에 차지 않는 그릇을 치워버리거나 깨버리는 과감하고 냉정한 모습에 절로 고개가 숙여진다.

제 안에 불과 물과 흙을 품은 그릇은 깨지기 쉬우면서도 단단하다. 똑같은 것은 하나도 없다. 가마 안에 놓인 위치에 따라 색도 달라진다. 그래서 자꾸 들여다보고 어루만지며 내 마음에 가장 차는 그릇을 고르려고 공들이게 된다. 내가 좋아하는 건 그릇과, 꽃을 담는 화기다. 일상에서 매일 쓰는 물건. 무엇이든 담을 수 있고, 하루에도 몇 번씩 쓰는 활용도 높은 그릇들. 여행을 다녀올 때마다 그렇게 하나둘 사온 그릇으로 작은 부엌은 이미 포화 상태다. 넓다고 할 수는 없지만 좁다고도 하기 힘든 부엌의 모든 수납공간이 가득찼다. 내 소원은 부엌이 방보다 큰 집에서 살아보는 것. 하지만 알고 있다. 그런 집에 산다 해도 내 부엌은 곧 다시 차고 말 거라는 걸. 아무리 큰 냉장고를 사도 늘 가득차게 되는 것처럼.

그렇게 사 모은 그릇들로 상을 차린다. 예쁘게 밥상을 차리는 일은 매일의 의식과도 같다. 그날 먹을 음식과 그날의 기분에 따라 그릇을 고른다. 어쩐지 기분이 찌뿌둥한 날이면 색감이 도드라지는 그릇을 꺼낸다. 우즈베키스탄에서 사온 푸른빛 채색이 화려한 그릇이나 핀란드의 빈티지 가게에서 구입한 파란색 유리 접시 같은. 테이블 매트도 골라서 깐다. 주로 천으로 된 테이블 매트라서 한 번 쓰면 빨거나 삶아야 하지만 그래도 꺼낸다. 수저받침도 빼놓지 않는다. 커피나 차를 마실 때도 잔이나 찻주전자를 고른다. 한식을 담던 제주 옹기에 양식을 담아보고 붉은 옹기에 노란색 단호박 수프가 의외로 잘 어울리는 걸 발견하기도 한다. 물론 양식기에 한식을 담기도 한다. 만든 사람도, 기법도 다 다른 그릇을 섞어서 연출하는 즐거움도 크다.

이런 수고로움을 자처하는 이유는 당연히 즐겁기 때문이다. 예쁜 그릇에 음식을 담으면 눈도 입도 즐거워진다. 맛이 좀 부족한 음식조차 맛있게 먹을 수 있다. 반찬이 한두 가지뿐이어도 어울리는 그릇에 단정히 담으면 풍성해 보이는 착시 효과가 일어난다. 요리는 잘 못해도 아름다운 그릇에 예쁘게 담아 나를 대접하는 기분으로 밥을 먹는다. 편의점 도시락이나 반조리 음식을 사먹기보다 한 가지를 찬찬히 만들어 먹는다. 오징어를 볶아 덮밥으로 먹는다든가, 전복을 올린 솥밥을 한다든가, 명란 아보카도 덮밥을 하는 식이다. 귀찮다고 냄비째로 먹거나 배고프다고 부엌에 선 채로 먹는 일은 없다. 함부로 먹고 산다면 내 인생에 대한 실례 같다. 내가 나를 대충 챙기면 세상 누구도 날 제대로 챙겨주지 않는다고 믿는다. 아니, 세상이 나를 막 대해도 나만은 나를 소중히 대접하며 살고 싶다. 밥을 차리고 먹는 순간에 스스로를 위로하고 싶다. 그런 마음으로 혼자 살아도, 아무리 피곤해도 제대로 차려 먹는다는 원칙을 지키며 살아왔다. 사소한 생활 습관을 지키며 살아가는 일은 내 삶을 제대로 꾸려내는 일과 다름없다고 믿기에. 작은 습관이 쌓여서 삶이 된다. 일상의 공간에 아름다운 물건을 들이고, 그것들을 아껴 사용한다면 그것이 내 삶을 아름답게 가꾸는 일로도 자연스럽게 이어지지 않을까. 그런 마음 때문에 부담 없는 가격의 물건을 쉽게 사기보다 오래 두고 쓸 물건을 정성껏 고르게 된다. 내 장점이라면, 사람이든 물건이든 옷이든 잘 싫증 내지 않는다는 점이다. 한번 내 손에 들어오면 마르고 닳도록 쓴다. 유행이 지났다고, 오래 썼다고 함부로 버리는 일은 없다.

얼마 전 구남친이 물었다. 코로나 시대를 맞은 여행작가의 가난한 성찬은 요즘 어떤지를. 그날 점심 상차림 사진을 찍어 보냈더니 그가 이런 글을 보내왔다. "제가 관찰한 누나는 항상 접시에 음식을 담았어요. 락앤락 뚜껑만 연 채로 밑반찬을 먹는 일은 하지 않았지요. 라면을 먹어도 누나는 항상 끓이고, 파도 좀 넣고, 그릇에 따로 내와 먹었어요. 이러면 라면은 라면 이상이 되죠. 제가 느끼기엔 그랬어요. 먹고 난 뒤에도 항상 깔끔하게 바로 정리하고요. 사람의 생활이 무너질 때는 먹는 것부터, 뭘 먹느냐가 아니라 어떻게 먹느냐, 거기부터 무너지더라고요."

그는 이혼 전 별거의 시기를 견딜 때 라면에 소맥이 주식일 정도로 자주 먹었다고 했다. 처음엔 끓여서 그릇에 옮기다가 나중엔 냄비째로 그냥 먹고, 그러다가 결국에는 컵라면을 먹게 되었다고 했다. "접시에서 냄비로, 냄비에서 컵라면으로. 이게 습관이 무너지면서 생활이 무너지고, 삶이 무너지는 과정이거든요. 옷차림, 잠자리, 식사시간 이런 걸 스스로 정돈하고 꾸미는 게 정말 중요하다는 걸 누나에게 배웠어요." 할 줄 아는 음식이 몇 가지 없는데다가 늘 혼자 먹어야 하는 식사에 지쳤던 내게 그의 말은 위로가 되었다. 제대로 밥을 차려 먹는 습관은 어떤 상황에서도 삶을 무너뜨리지 않으려는 무의식적인 안간힘이었던 걸까.

내 상차림은 이제 자연에까지 손을 뻗치고 있다. 그릇만 신경쓰는 게 아니라 자연에서 얻은 것들로 식탁을 장식하기도 한다. 산책길에 주워온 누리장나무 열매를 접시 한쪽에 놓아주기도 하고 작은 꽃병에 들꽃을 담아 트레이에 올리기도, 텃밭에서 부추꽃을 따다 샐러드 위에 올리기도 한다. 제주의 친구 집에 머물 때는 커다란 무화과잎 몇 장으로 접시를 대신하기도 했다. 그런 면에서 바나나잎 접시를 쓸 수 있는 더운 나라 사람들이 부럽다. 잎을 때 접시로 쓰려고 머위나 호박을 심을까 고민할 정도다.

오늘도 나는 도자기 그릇을 꺼내 밥상을 차린다. 굴비를 노릇노릇하게 굽고, 들깨 미역국을 심심하게 끓이고, 오징어채를 발갛게 무쳤다. 수저받침 위에 수저를 가지런히 올리고, 갓 지은 현미밥을 가득 펐다. 모처럼 반찬이 네댓 가지나 되는 성찬이다. 창으로 들어온 가을 햇살이 그릇을 따스하게 데워주는 오후, 밥상을 보며 생각했다. 사는 동안 이 아름다운 그릇을 아낌없이 써야겠다고.

집사는 아무나 하나요?

날카로운 목소리가 조용한 골목을 찢고 있었다. 숲으로 가는 길목에 있는 집 현관에서 두 여자가 대치중이었다. 숲 입구에 살아서 내 부러움을 사던 숲집 여자가 수세에 몰리고 있었다. 점잖지 못한 일임을 알면서도 슬쩍 몸을 숨기고 귀를 기울였다. 개를 키우는 옆집 여자와 고양이를 키우는 숲집 여자의 말싸움이었다. 젊은 옆집 여자는 연배가 있어 보이는 숲집 여자에게 꼬박꼬박 선생님이라 칭하며 존댓말을 쓰고 있었지만 희한하게도 존중하는 기색은 눈곱만큼도 느껴지지 않았다. 숲집 여자의 말을 무 자르듯 탁탁 잘라가며 일단 목소리로 기세를 장악하고 있었다. 개를 키우는 여자의 주장은 이랬다. 숲집 여자가 온 동네 고양이들에게 밥을 준 탓에 자기 집으로도 고양이들이 자꾸 드나든다는 불만이었다. 고양이를 키우는 여자는 개 짖는 소리 때문에 시끄러우니 개 단속 좀 하라고 맞받아쳤다. 개를 키우는 여자의 반격이 이어졌다. 그게 다 고양이들이 오갈 때마다 짖는 거라고, 고양이들 밥 좀 그만 주라고. 고양이를 키우는 여자는 1월 이후 누가 다 잡아갔는지 이제는 밥 먹으러 오는 고양이가 없다고 했다. 수세에 몰린 옆집 여자가 이런 말을 던졌다. "고양이들이 얼마나 저희 집을 드나드는지 한번 보세요. 선생님은 일이 없으셔서 하루종일 집에 계시잖아요." 어머나 세상에, 선을 넘으셨네요. 더는 듣기 어려워 발걸음을 돌렸다. 동네 고양이에게 밥을 준다는 이유로 캣맘이 욕을 먹으면 좀 끼어들까 싶었는데 그럴 필요는 없어 보였다. 아이를 키우는 부모라고 해서 다 남의 아이도 자기 아이처럼 소중히 여기지는 않는다. 하물며 개나 고양이를 키운다고 모든 동물을 다정하게 대할 리는 없다. 반려동물을 사랑한다고 해서 박애 정신이 넘칠 리도 없고, 그렇게 사랑하던 반려동물을 온갖 이유로 버리는 게 또 인간이니까. 당연한 사실을 확인했는데 씁쓸했다. 우리 동네 고양이들도 미움을 받는구나 싶어 속상하기도 했고. 우리 동네 고양이들은 주차장 공터가 근거지였다. 그곳에서 날마다 햇볕을 쬐며 앉아 있는 고양이 서너 마리를 오갈 때마다 마주치곤 했는데, 두 달째 주차장 공사가 이어지느라 그곳에 살던 고양이들이 어디로 갔나 궁금하던 차였다. 갈 곳이 없어져 이 집 저 집 마당을 기웃거리다 저런 분쟁의 원인이 된 걸까.

알든 모르든 인정하든 말든 고양이는 이미 우리 삶과 주변 환경을 지배하고 있다. 지구에 6억 마리의 고양이가 살고 있고, 개체수는 점점 불어나고 있다. 인간이 건네는 사료와 거리의 쓰레기통 사이를 자유롭게 오가는 고양이. 사료를 얻으려 길들여진 척할 뿐이지 한 번도 길들여진 적이 없다는 고양이를 내가 처음부터 좋아한 건 아니다. 해코지를 하면 집요하게 복수할 것만 같고, 어딘지 불길하게 느껴지던 고양이가 좋아지기 시작한 건 일본인 친구 덕분이다. 5년 전 서울에 살던 일본인 친구가 여행을 간 사이에 그녀의 고양이 비비를 돌보게 되면서 호기심이 생겼다. 나는 한 번도 길들여진 동물에게 매혹된 적이 없었다. 인간에게 맹목적인 신뢰를 보내는 동물을 보는 건 늘 어딘가 불편했다. 고양이는 개와 달리 인간에게 쉽게 길들여지지 않는 것 같았다. 주인에게마저도 내킬 때만 다가와 쓰다듬음을 허락하는 그 오만함에, 언제든 다시 야생으로 돌아갈 수 있다는 듯이 행동하는 제멋대로인 성격에 끌렸다. 저런 성격이라면 함께 살아도 괜찮지 않을까 하는 생각이 들 때도 있다. 그러면서도 나는 고양이를 키울 생각은 하지 않는다. 그건 내가 제대로 된 겁쟁이기 때문이다.

나는 여러 가지를 겁낸다. 우선은 나 아닌 다른 생명을 죽을 때까지 책임질 일이 무섭다. 고양이가 늙고 병들어 병원을 다니기 시작해야 한다면 엄청난 병원비를 어떻게 해야 하나. 나는 의료보험도 있고, 병에 걸리면 연명치료를 거부하고 세상을 떠날 수도 있다. 유일한 식구인 고양이가 병에 걸리면 할 수 있는 모든 걸 다 해보고 싶어질 텐데 병원비가 무서워지면 어쩌나 걱정이다. 고양이의 털도 나를 압박하는 요소다. 방바닥에 구르는 머리카락 한 올에도 괴로워하는 내가 고양이털을 감당할 수 있을 리 없다. 너를 사랑하지만 네 털마저 사랑하지는 않아, 중얼거리며 내내 털을 줍는 내 모습이 상상된다. 다른 존재와 침대를 함께 쓰는 건 또 어떻고! 침대 위가 나만의 왕국이기를 바라는 욕망을 포기할 수 있을 것 같지 않다. 높은 곳에 올라가는 고양이가 내가 아끼는 물건들을 떨어뜨려 깨뜨릴까봐도 두렵다. 고양이가 의자나 책상을 갉을 때마다 내 심장도 함께 사각사각 긁힐 것 같다. 나보다 생명이 짧은 고양이를 들였다가 감당해야 할 이별도 무섭다. 무엇보다 내가 고양이에게 완벽히 길들여져 고양이를 위한 삶을 살아가게 될까봐 겁난다. 다리에 힘이 남아 있는 한 계속 여행을 다니고 싶은데 그때마다 고양이를 어깨에 올려놓고 다닐 수도 없다. 한마디로 내가 구축한 질서가 다른 존재로 인해 파괴되는 일이 싫은 거다.

책임감 제로의 삶은 언제나 내가 추구해온 삶이었다. 내 삶은 나만 책임지면 된다. 그것만으로도 때로는 벅차다고 느낀다. 태어난 이상 포기하지 않고 살아가는 것만으로 대단하다고 느낀다. 여기에 다른 생명을 책임지는 부담이라니, 상상만으로 어깨가 내려앉는다. 고양이를 키우지 않고, 길고양이 밥도 안 챙기는 대신 가끔 카라나 시셰퍼드 같은 단체에 비정기적으로 기부를 한다. 딱 그 정도가 내가 할 수 있는 일이다.

그런데도 고양이 이름은 이미 지어놓았다. 한 마리만

키우게 된다면 살구. 두 마리 이상이라면 자두, 앵두, 호두. 발음하기도 좋고 어여쁜 이름 아닌가. 게다가 전부 내가 좋아하는 것들이다. 가끔은 나도 유기묘 한 마리를 입양하고 싶은 유혹에 흔들린다. 크고 맑은 눈으로 가만히 나를 응시하는 존재가 있다면 밖에서 힘든 시간을 보낸 후에도 집으로 돌아오는 발걸음이 좀더 가벼워지지 않을까? 하루종일 누구도 만나지 않고 집에만 머문 날, 말을 걸 대상이 있으면 좋겠다. 인간으로 살아가는 건 꽤나 고독한 일인데 고양이로 살아가는 건 어때? 오늘은 밥도 하기 귀찮은데 너처럼 나도 누가 사료를 챙겨주면 좋겠어. 이런 시시한 이야기들을 고양이의 눈을 바라보며 중얼거리다보면 번잡한 일들도 하나씩 지워질 것 같다. 온전한 몰입, 순수한 애정만 남지 않을까. 내 멋대로만 살아와 타협도 양보도 잘 모르는 나에게 무조건 있는 그대로 받아줘야만 하는 존재가 생긴다면 꼰대의 길에서 조금은 멀어지지 않을까?

그보다 은밀한 욕망도 있다. 다른 존재를 돌보고 키워보고 싶다는 욕망. 스스로 선택한 삶이지만 내게는 생명을 낳아 키워보지 않았다는 결핍감이 있다. 한 존재를 책임지는 엄청난 성장의 기회를 나는 갖지 못했다. 고양이를 키우게 된다면 때론 한없이 가볍게 느껴지는 내 삶도 조금은 무게를 갖게 되지 않을까? 내 기분 따위와 상관없이 때마다 사료를 챙겨줘야 하고, 화장실을 치워줘야 하는 존재. 누군가에게 꼭 필요한 존재가 되었다는 자각이 내 삶의 발걸음을 조금은 신중하게 만들어주지 않을까? 내일은 없다는 듯 저축도 없이 살아가는 내가 고양이의 미래를 대비하고자 알뜰해질지도 모른다. 하지만 그런 이유로 생명을 들이겠다니 구차하고 비겁하다. 마지막까지 책임을 감수할 용기가 없는 사람은 외로움을 묵묵히 감당해야 한다. 그러니 남의 집 고양이들이나 지켜볼 수밖에.

얼마 전 같은 동네에 사는 비덕 언니가 아기고양이 소화를 입양했다. 비덕 언니마저! 나는 한숨을 내쉬었다. 진짜 나만 고양이가 없네.

몇 년 전 그리스의 작은 섬에 머물 때였다. 그 섬의 원주민은 고양이들이었다. 어디에나 고양이가 넘쳐났다. 고양이들은 사람을 두려워하지 않아 쉽게 곁을 내주었다. 다가가 손을 내밀면 발라당 배를 뒤집는 고양이도 많았다. 털도 윤기가 흐르고 때깔이 좋았다. 문 앞에 고양이 밥그릇과 물

그릇을 놓아둔 집이 흔했다. 고양이들은 카페나 식당, 철물점이나 빵집 앞 어디나 목 좋은 자리를 차지하고 앉아 한껏 게으름을 피웠다. 누구도 그런 고양이를 내쫓지 않았다. 아침이면 포구에서 갓 잡은 생선을 팔던 어부가 고양이들에게 생선을 휙휙 던져주곤 했다. 사람과 길고양이가 함께 저마다의 공간을 점유한 채 자연스럽게 살아가는 모습이 평화로워 보였다. 그 섬의 고양이들은 내 고양이가 아닌 모두의 고양이였다. 온 마을 주민이 집사로 살고 있었다.

사람들에게 학대받은 고양이에 관한 뉴스를 접할 때면 그 섬의 고양이들이 떠오른다. 싫든 좋든 우리는 수많은 동네 고양이와 함께 삶의 터전을 공유하며 살아가야 한다. 동네의 가장 흔한 존재인 고양이가 환대 받기를. 진정한 반려생활은 우리 사회의 모든 구성원이 생명에 대한 외경심을 잃지 않는 태도에서 시작될 테니까.

2부

여행하지 못하는 시대의 여행작가

이 집으로 오길 참 잘했어

이사를 결심한 건 돌파구가 필요했기 때문이다. 이대로 있다가는 정신적으로도 경제적으로도 '폭망'일 것 같았다. 집을 바꿔서 삶을 바꿔야겠다는 생각이 들었다.

위기라고 느낀 건 2년 전 봄이었다. 내가 비정기적으로 진행하는 여행학교 4기생을 위해 3기생 몇이 간식을 준비해 찾아왔다. 피자며 샌드위치를 그릇에 담던 3기생이 무심히 말했다. "오신 분들 연령대가 높아서 깜짝 놀랐어요." 그러고 보니 50대가 대부분이었다. 물리적 나이가 꼭 중요한 건 아니지만 아, 나는 이제 나이가 들었구나, 새삼스러운 깨달음이었다. 여행기를 써서 밥을 먹고 사는 사람으로서 이러다 20, 30대와의 소통에서 멀어지겠다는 자각이 들었다. 나와 더불어 나이들어온 독자들만 남았을 뿐 젊은 독자를 새롭게 만나는 일에는 진전이 없었다. 갑자기 덜컥 겁이 났다. 소중히 여겨온 것들이 쓸모없게만 보였다. 여행지에서 사 온 나무그릇, 열 명이 앉을 수 있는 고풍스러운 나무 테이블, 애지중지하는 반닫이. 이 모든 것이 유행 지난 구시대의 상징으로 보였다. 세상의 변화에서 나만 홀로 뒤떨어진 것 같았다.

서른네 살에 회사를 그만두고 15년이 넘도록 내 삶에는 변화가 없었다. 돈이 조금이라도 생기면 여행을 다녀와 잔고 0에서 시작하는 삶을 반복해왔다. 내일은 오지 않을 듯이, 오늘이 생의 마지막날인 듯 그렇게 살았다. 집도 없고, 남편이나 아이도 없고, 저축도 없는 중년여성이 나였다. 경제적 상황에 대한 자각과 각오는 전세금을 올려줘야 하는 때만 잠시 생겨났다 사라지곤 했다. 하고 싶은 일만 하며 살아온 삶의 방식이 게으른 방종에 불과했던 걸까. 작지만 아늑하던 내 공간, 10년을 살아온 집도 무능력의 상징으로만 보였다. 이제라도 내 집 마련 캠페인에 동참해 대출을 받아 집을 사고, 그 빚을 갚기 위해 계획적으로 살아가는 성실한 시민의 대열에 끼어야 하는 것일까. 빚으로 집을 사는 삶은 감당할 수 없다 생각했는데 지금이라도 노선을 달리해야 하는 건지 헷갈렸다. 내 결핍을 사랑한다고, 그것들이 지금의 나를 이뤄온 거라고 당당하게 선언하던 40대의 나는 사라지고 없었다. 건강한 몸이 있는 한 무슨 일이든 할 수 있다고 자신했는데…… 허리디스크와 목디스크를 앓는 쉰의 나는 바람 빠진 풍선처럼 쪼그라든 상태였다.

강연은 줄어들고, 책은 점점 안 팔리고 있었다. 언제까지 글쓰기와 강연으로 밥벌이를 할 수 있을까? 앞으로 길어야 10년이겠지. 그후에는 뭘 해서 먹고 살아야 하나? 지금을 열심히 살면 되는 거라며 걱정하지 않던 노후가 불안해지기 시작했다. '노후 대책'이란 단어를 붙들고 씨름하다보니 젊은 날의 꿈이 생각났다. 외국인을 위한 게스트하우스 주인. 잊고 있던 그 꿈을 소환했다. 낯가리고 호불호가 분명한 내 성격에 맞지 않을 것 같아 접었던 꿈이다. 정말 불가능한지 시험이라도 해봐야 할 것 같았다. 노후를 위한 연습으로, 새로운 사람을 만나기 위해, 에어비앤비라도 해보는 게 어떨까. 매달 약간의 고정 수입이 있다면 불안정한 내 일상도 조금은 편안해질 테고. 에어비앤비를 하기 위해 조금 더 넓은 집으로 이사하기로 했다. 마침 10년간 살았던 집의 전세금이 30퍼센트 넘게 오르면서 정이 좀 떨어지기도 한 터였다.

서른네 살의 나는 취미인 여행을 위해 전셋집을 뺀 돈으로 호기롭게 세계 일주를 떠났다. 5년 후 집을 얻어야겠다 생각하고 알아본 곳은 홍대였다. 주택가 골목으로 카페며 식당, 옷가게가 하나둘 들어서던 시절이었다. 그 동네의 생기가 좋았다. 지닌 돈도, 물건도 없어서 이사는 간단했다. 월세를 낀 반전세를 얻었고, '풀옵션'인 원룸에는 세탁기며 냉장고 같은 것들이 있었다. 나는 책장과 책상, 침대를 들여놓고 가볍게 이사했다. 새벽에 집밖을 나서도 노천카페에서 맥주잔을 기울이는 사람들이 보였다. 이 시간에 깨어 있는 사람이 나만은 아니라는 생각에 위로 받던 시절이었다. 1년 남짓 살다가 연남동으로 이사해 그 집에서 다시 1년 정도를 살았다.

홍대와 연남동에 2년쯤 살다보니 활기는 소란스러움으로 다가왔다. 집이 아니라 여행지의 숙소에 머무르는 것 같았다. 무엇보다 앞집 담벼락을 보며 사는 환경에서 벗어나고 싶었다. 자연이 가까운 곳으로 가고 싶었다. 나는 점점 주변 환경에 심하게 영향을 받는 사람이 되어가고 있었다. 산책할 수 있는 숲이나 산이 절실했다.

부암동을 고른 건 근처의 숲과 인왕산 때문이었다. 부암동의 오래된 부동산에 명함을 건넸다. 내가 지닌 돈은 딱 1억이었다. 예산에 맞는 집이 나오면 꼭 알려달라고 당부하고 주말마다 부동산에 찾아갔다. 나중에는 내가 문을 열기만 하면 "아, 그 예산으로는 전셋집 구하기 힘들다니까"라는 타박을 먼저 들을 정도가 됐다.

결국 6개월 후, 전세로 나온 집을 월세를 끼고 계약했다. 엘리베이터도 없는 빌라의 4층이었지만 혼자 쓰는 옥상이 있었다. 옥상에서는 인왕산이 한눈에 들어왔다. 옥상의 자그마한 텃밭과 해먹에 누워 바라보던 인왕산, 내킬 때면 슬리퍼를 끌고 산책을 나가곤 했던 숲은 세상의 소란을 잠시나마 잊게 해주었다. 흙을 만지고 나면, 해먹에 누워 바람을 맞고 있으면, 숲길을 걷고 있으면 어쩐지 다 잘될 것 같다는 막연한 희망이 차오르곤 했다.

세월이 흘러 나는 다시 이사를 준비하고 있었다. 이번

에는 생계를 위해 집을 넓히기로 한 터였다. 그사이 짐이 어마어마하게 불어나 있었다. 일단 책이 3000권 정도였다. 여행을 다니며 하나둘 사 모은 그릇이나 수공예품 같은 것들도 한 살림이었다. 10년간 내가 키운 욕망덩어리를 끌어안고 이사를 해야 한다니. 다시 집을 구하러 다니는 일이 시작되었다.

나에게 집이라는 공간은 재산 가치와는 상관없는 곳이었다. 어차피 내 집도 아닌 전세라 집값이 오를지에도 관심 없었다. 오로지 지금 내 삶을 얼마나 평화롭게 해줄 수 있는지가 중요했다. 그러니 번잡한 역 주변에서는 살 수 없고, 산책로가 없는 동네에서도 살 수 없었다. 대지의 기운을 전혀 느낄 수 없는 아파트는 더더욱 아니었다. 숙소를 구하는 일과 살 집을 구하는 문제는 당연히 달랐다. 여행길에서는 단지 하룻밤 혹은 며칠 머물 뿐이니 어지간한 것은 다 견딜 수 있었다. 서울의 집은 내 기준을 두루 만족시켜야 했다. 최소한 몇 년을 머물 공간이니. 하지만 숙소와 집을 구하는 일에도 공통점이 있었다. 내가 지닌 돈이 선택의 폭을 정한다는 것. 내가 머물고 싶은 집과 머물 수 있는 집 사이에 현격한 차이가 있다는 것. 집을 구하러 다니기 시작하니 매일이 좌절의 연속이었다. 내가 원하는 조건에 맞는 집은 내 예산으로는 어림도 없었다. 열렬한 태양 신도인 나는 해가 잘 드는 남향집에 살아야 했고, 창문을 열어도 차 소리가 들리지 않아야 했다. 집 가까이에 산책로가 있어야 하고, 에어비앤비를 하기 위해 어느 정도 분리된 공간이 필요했다.

그 무렵엔 모든 관심이 집에 쏠렸다. 산에 올라도 집만 보였다. 서울에 이렇게나 건물이 많은데 내 집 한 칸이 없구나, 이런 생각부터 들었다. 이사가 이렇게 힘든 거였나. 이 넓은 서울에 갈 곳이 없다니. 심한 스트레스에 원형 탈모라도 올 것 같았다. 같은 빌라의 아래층에 살던 현정은 직장에 매여 여행을 떠날 수 없어 이사를 다녔다고 했다. 여행이나 연애는 마음대로 못하지만 이사는 할 수 있지 않나 하는 마음에 살고 싶은 동네에 가서 2년씩 살았다고. 아현동 옥탑방에서 시작해 홍대와 망원동을 거쳐 부암동에서 세 곳, 서촌과 북촌에서도 살았다. 2년마다 여행하듯이. 단출한 그녀의 짐이 이사를 쉽게 만들었을 것이다. 그런 그녀의 눈에 나라는 인간은 얼마나 이상해 보였을까. 10년 만에 집을 구하면서 지구 끝으로 혼자 유배라도 가는 양 스트레스를 받으며 불면증에 시달렸으니. "아니, 부암동에서 이번 생을 마감하려고 하세요?" 이런 말까지 들어야 했다.

부동산에 붙은 종이를 살피는 날들이 몇 달째 이어졌다. 제주도나 경주에 여행 가서도 집을 보러 다녔다. 양평으로도 서너 번쯤 다녀왔다. 양평은 내 마음을 흔들었다. 서울로 전철이 이어져 그리 멀지 않게 느껴졌다. 양수역에 내리면 사방이 온통 푸르렀다. 그림 같은 집들이 어찌어찌 가능한 가격에 전세로 나와 있었다. 집들은 넓었고, 텃밭을 가꿀 수 있는 마당이 있었다. 무엇보다 창 너머로 앞집이 아닌 초록 나무를 보며 살고 싶다는 내 바람이 구현된 곳이 많았다. 꿈의 부엌이 딸린 집을 보고 온 날, 페이스북에 양수리로 이사가면 어떨지 묻는 글을 올렸다. 기대와 다르게 반대 댓글이 폭주했다. 여자 혼자 시골에 못 산다, 여행 한번 나갔다 오면 보일러 터지거나 수도 얼거나 마당이 정글이 된다, 난방비는 어떻게 감당하려고 하냐, 절대 안전하지 않다 등등. 이유는 구체적이고 셀 수 없이 많았다. 게다가 나는 시골살이의 필수라는 운전면허조차 없었다. 양평에 사는 친구가 그랬다. 쓰레기를 버리려 해도 차에 싣고 가야 한다고. 요리하다가 기름이 떨어져도 차를 타고 나가야 한다고. 양평에

와서 살려면 일단 차가 필수라고.

겁 많은 내가 안전하게 살 수 있는 곳도 서울, 프라이버시를 지키며 살 수 있는 곳도 서울, 차 없이도 불편을 모르고 살 수 있는 곳도 서울이었다. 서울은 어느새 내게 고향이 되어 있었다. 내 가족도, 친구도, 추억도 모두 이곳에 켜켜이 쌓여 있었다. 나는 이제 이사도 못 하는구나. 서울을 떠나는 건 혼자서는 엄두도 안 나네…… 그제야 30년을 살아온 동네를 그토록 떠나기 싫어했던 엄마가 이해가 되었다. 세월이 흐르며 무릎에 힘이 빠지는 것보다 무서운 건 마음의 근육이 사라지는 일이었다. 무엇보다 서울에서는 내가 지닌 돈으로 원하는 전셋집을 구하기가 힘들었다.

이사를 거의 포기하고 나니 여름이 한창 무르익어가고 있었다. 늘 가던 숲으로 산책을 갔다가 우연히 옆 동네로 들어섰다. 부잣집이 많기로 이름난 동네였다. 드라마에서 "네, ○○동입니다"라며 가사도우미가 전화를 받는 곳. 내가 살고 싶은 곳도, 살 수 있는 곳도 아니었다. 갑자기 알 수 없는 바람이 불어 스마트폰으로 검색을 해봤다. 30초 거리에 전세로 나온 집이 있었다. 그 집을 보고 집 바깥에서 서성이기를 30여 분, 나는 그날 계약을 했다. 집 구조는 성격 까칠한 나에게 안성맞춤이었다. 복층으로 되어 있어 아래층에 손님을 받으면 마주칠 일이 적었다. 아래층에도 화장실과 거실이 따로 있었기에. 집을 나와 150걸음쯤 떼면 숲이었다. 인왕산은 조금 멀어진 대신 숲은 훨씬 가까워졌다.

한 달 후 나는 이사를 했다. 집은 언덕길을 6분 정도 올라야 하는 곳에 있었다. 길이 꽤 가팔랐다. 부암동에 사는 동안 훨씬 높은 지대의 집들을 늘 봐왔던 터라 아무렇지 않을 줄 알았다. 막상 다녀보니 허벅지 힘이라면 밀리지 않는 나조차 버거울 정도였다. 트렁크를 끌고 올라가는 일은 국가대표 운동선수의 체력 훈련 강도와 맞먹을 것 같았다. 동생이 이삿날 이 집에 와서 던진 첫마디가 "누나 제정신이야?"였다. "에어비앤비 하겠다고 이사하더니. 이 고바위에 누가 와?" 덕담과는 거리가 먼 말을 마음껏 쏟아붓고 갔다. 8월 초 여름 땡볕에 이사하느라 지쳤던 나는 그 말 한마디에 기운이 쭉 빠졌다. 이사를 도와주러 제주에서 올라온 후배가 함께 머물지 않았다면 그날 밤, 조금 울었을지도 모른다.

이사 후 사흘 만에 나는 중앙아시아로 두 달 동안 여행을 떠났고, 가을에는 스페인과 포르투갈에 다녀오느라 이 집에 제대로 머물기 시작한 건 11월 중순이 넘어서였다. 그 사이 계절은 가을을 지나 겨울로 접어들고 있었다. 언덕을 오르는 건 늘 힘겨웠지만, 집이 가까워질수록 나무가 무성해지고, 고요해졌다. 귀뚜라미 우는 소리에 잠들고, 새소리에 아침을 맞고, 오후가 되면 숲으로 산책을 하는 일상이 이어졌다. 동네는 언제나 조용했다. 남향집이라 햇살이 깊이 들어왔다. 저무는 햇살이 흰 벽에 그림자를 만들며 일렁이는 시간이 오면 내 마음도 출렁거렸다. 이 집으로 오기를 참 잘했어, 그런 생각이 절로 들었다. 그해 12월 중순, 나는 에어비앤비를 시작했다. 크리스마스이브에 첫 손님이 우리집 벨을 눌렀다. 성탄 선물처럼.

앵두잼을 바르며

앵두잼을 듬뿍 바른 토스트를 한입 베어 문다. 새콤한 단물이 입안 가득 찬다. 앵두잼이 내게로 온 길을 더듬어본다. 이제는 터전을 옮겨 떠나간 내 옥상의 산앵두 한 그루. 그 나무가 10년 만에 처음으로 가지가 정리되고, 파헤쳐지고, 마침내 다른 장소로 옮겨지기까지의 시간. 햇볕 뜨겁고 바람 찬 옥상의 화분에서 10년을 버텨온 앵두나무 한 그루. 봄이면 분홍꽃을 가지마다 빈틈도 없이 피우고, 여름이면 약지 손톱만한 붉은 앵두를 가지가 휘어지도록 매달던 나무였다.

이사를 결심하고 집을 구하고 나니 이삿날까지 꼭 한 달이 남아 있었다. 10년 산 집을 떠나는 건 보통 일이 아니었다. 무엇보다 옥상의 나무들이 문제였다. 열악한 환경에서 살아남은 강인한 나무들이었다. 집을 내놓을 때 나무를 이어 키울 사람을 골랐다. 계약을 한 후 그녀는 자신이 없다며 치워달라고 연락을 해왔다. 그때부터 마음이 분주해졌다. 나무를 치운다는 건 폐기물 처리와 같은 말이었다. 비용도 만만치 않았지만 10년간 길러온 생명을 죽이는 짓은 차마 할 수 없었다. 페이스북에 글을 올렸다. 옥상의 나무 열 그루를 가져갈 사람이 있는지. 임순례 감독님이 연락을 해왔다. 파주에 짓는 동물보호협회 카라 사옥 마당에 옮겨 심겠다고. 사다리차를 내가 부르고, 카라에서 직원과 차량을 보내주기로 했다. 한시름 놓고 나무 옮기는 날을 기다렸다.

나무를 데려가기 위해 온 사람은 작고 마른 체구의 남자였다. 옥상을 둘러보는 그의 표정이 어딘가 불편해 보였다. 그가 삽과 마대를 사러 철물점에 다녀오겠다며 나갔다. 잠시 후 임 감독님으로부터 전화가 걸려왔다. 그분이 공사

현장 소장님께 전화를 걸어 보통 일이 아니라고, 둘이서는 못할 것 같다고 하소연을 하셨단다. 나무를 화분에서 캐서 나무 따로, 화분 따로 옮기면 장정 둘로 충분하다는 견적을 받아 안심했던 나는 바짝 긴장했다. 곧이어 조경식재와 운송을 하는 분이 오셔서 둘이면 충분하다며 팔을 걷어붙이셨다. 한 분이 나무를 한 그루씩 캐서 뿌리를 정리하고 잔가지를 치면 다른 분이 화분의 흙을 마대에 나눠 담으시는 식으로 작업이 진행됐다. 조경식재를 하는 기사님은 예순둘인데 몸이 가볍고 날랬다. 붉은 열매가 주렁주렁 매달린 앵두나무의 가지를 치는 동안 그는 이 일을 하게 된 계기를 풀어놓았다. 사업을 하다 아주 제대로 망해서 동작대교에 두 번이나 갔었단다. 처음에는 강물에 둘째딸 얼굴이 비쳐서 못 뛰어내렸고, 두번째 갔을 때는 큰딸 얼굴이 비쳐서 또 못 뛰어내렸다. 재산이라고는 아파트 한 채여서 그걸 팔아 빚을 갚고 사업을 다시 하겠다 하니 아내가 결사반대. 결국 아는 사람에게 중고 트럭을 넘겨받아 화분 운송을 시작했다. 처음에는 화분만 운반했는데 심어달라는 사람들이 있어서 심는 일도 하게 되고, 가지치기도 해달라 해서 그것까지 하게 되었다. 혼자 이리저리 공부해가면서 하다보니 어느새 조경

식재 전문 운송인이 되었다는 이야기였다. 그늘 없는 양지 없다고, 가슴 저린 사연 하나 품지 않은 사람이 세상에 있을까. 가지를 치며 아무렇지 않게 들려주신 그의 이야기에는 삶의 고비를 넘어선 사람이 지닌 담대함이 스며 있었다. 어쩐지 그가 삽으로 덜어낸 옥상의 내 나무들과 그의 모습이 닮은 것 같았다. 작은 화분에 갇혀서 옥상의 열기와 바람을 견디고, 1년에 몇 달씩 돌봐주는 이도 없이 홀로 견뎌야 했던 나무들. 키 작은 내 나무들과 저 깡마른 사내는 저마다의 혹독한 고비를 넘기고 살아남은 강인한 존재 같았다.

그사이 앵두나무는 생애 첫 가지치기를 마치고 한결 가벼워진 몸으로 서 있었다. 바닥에 흩어진 앵두나무 가지를 한쪽으로 치워놓고 옥상과 집을 오가며 부족한 대로 손을 거들었다. 7월이라 볕이 뜨거웠다. 땀 닦는 타월과 찬 음료를 세 번쯤 내드리고, 샌드위치도 만들어 드렸다. 일할 때 그는 힘든 티를 하나도 내지 않았다. 내가 힘이라도 보태려고 하면 계속 말렸다. 카라의 공사 현장에서 나온 분도 처음과는 달리 호흡을 맞추며 부지런히 정리를 하셨다. 예순과 예순둘의 남자들은 말랐지만 노동으로 다져진 근육이 단단했다. 몸 써서 일하는 사람의 몸동작에는 군더더기가 없었다. 땀흘리며 일하는 모습을 바라보는 것만으로도 정직해지는 기분이었다. 나무를 옮긴 후 남은 화분과 흙은 내가 폐기물 신고를 해서 처리하겠다고 하니, 그는 가지고 가서 공사현장에 버리면 된다며 트럭에 옮겨 실으셨다. 모른 척 그냥 가도 될 텐데 일부러 뒷정리까지 해주시는 마음씀이 고마웠다. 텅 빈 옥상 평상에 셋이 나란히 앉아 아이스크림을 먹었다. 여름 햇살이 인왕산 이마 위에서 번쩍거리고 있었다. 정오를 넘긴 시간이었다. 일어서는 두 분께 간단히 점심을 드시고 가시라고 적은 돈이나마 봉투에 담아 드렸다.

두 분이 떠난 후 옥상을 정리하기 시작했다. 그날따라 인정사정 봐주지 않겠다고 마음이라도 먹은 듯 햇살이 뜨거웠다. 남은 흙을 치우고, 텃밭의 작은 화분 다섯 개를 큰 화단으로 옮기는 걸 마치고 나니 몸에 힘이 하나도 없었다. 이제 남의 집에 뭔가를 심고 가꾸는 일은 절대 안 하겠다고 마음먹었다. 실현 가능성이라고는 없는 다짐이었지만. 그날 밤 잘린 앵두나무 가지를 흰 화병에 꽂았다. 붉은 앵두가 늘어지게 열린 가지가 강렬한 아름다움을 내뿜었다. 다음날 아침에 앵두의 씨를 발랐다. 새끼손톱만한 앵두의 과육을 거르는 일은 고되었다. 알이 작은 앵두의 절반은 씨였다. 씨를 하나씩 깔 때마다 손에 분홍물이 들었다. 씨를 바르는 데만 꼬박 세 시간이 걸렸다. 앵두를 설탕에 절여 불에 올렸다. 약불에 저어가며 잼을 만들었다. 이 앵두잼은 사랑하는 연인의 밥상에만 살포시 놓아주련다. 이토록 힘들게 만든 잼이니까. 그런 생각을 하며 잼을 병에 담았다. 잼이 식는 동안 옥상에 올라갔다. 나무 열 그루가 사라진 옥상은 쓸쓸했다. 조팝과 불두화와 뽕나무와 라일락과 앵두나무와 사과나무가 있던 자리에는 화분 자국만 상처처럼 남아 있었다. 바닥 청소를 하고, 한쪽으로 치워놓았던 해먹을 걸었다. 눈물이 슬쩍 났다.

나무들과 헤어지고 열흘 후, 나는 이사를 했다. 버리지 못한 수많은 짐을 끌어안고. 그러고 사흘 후에 나는 중앙아시아로 떠났다. 11월 중순이 되어서야 새집 정리가 끝났다. 새집은 고요했다. 가파른 언덕을 5분쯤 올라간 골목 끝에 있는 덕분이었다. 이곳에서 노후를 위한 연습으로 에어비앤비를 시작했다. 첫손님을 받아 아침을 차리던 날, 앵두잼을 꺼냈다. 세 병의 앵두잼에는 한 그루의 앵두나무가 담겨 있었다. 10년 치 바람과 습도와 햇살을 품고 있었다. 몇 번의 손님을 치르는 동안 앵두잼은 점점 줄어가고 이제는 반병도 남지 않았다.

앵두잼을 꺼낼 때면 여전히 마음이 일렁인다. 잼을 한 수저 떠서 담으면 두고 떠나온 옥상이 훅 다가온다. 여름마다 내 옥상의 블루베리와 앵두를 신이 나서 따 먹던 동네 새들은 이제 어디서 배를 채울까. 갑자기 텅 빈 내 옥상을 보고 벌들과 새들은 놀라지 않았을까. 옮겨 심긴 내 앵두나무를 보러 파주에 있다는 그 마당을 찾아가볼까. 그런 생각을 하며 토스트 위에 잼을 듬뿍 얹는다. 달큰한 앵두 향이 입안에 퍼진다. 봄과 여름의 향기다.

* 이 글은 리베카 솔닛의 살구잼 이야기(『멀고도 가까운』, 김현우 옮김, 반비, 2016)에서 영감을 얻었다.

좋은 여행자가 좋은 숙소를 만든다

그녀의 목소리는 나지막하고 발걸음은 조심스러웠다. 그녀는 전날 오후에 팔각정까지 산책을 다녀와 밤늦게까지 서재에서 책을 읽었다. 그녀가 틀어놓은 음악은 가을밤에 딱 어울리는 곡들이어서 내 귀도 아래층으로 쫑긋거렸다. 남쪽 도시에서 올라와 서울에서 직장생활을 한 지 2년이 되었다고 했다. 그녀가 들려준 이야기 중 내 마음에 남은 대목. “일할 때의 나와 집에서의 나를 분리해요. 다른 사람이 된 것처럼. 안 그러면 제 성격으로는 사회생활 못하거든요.” 낮도 심하게 가리고, 소심하고, 주눅도 자주 들어 사회생활이 쉽지 않다고 했다. 마치 가면을 쓰듯이 직장에서 다른 인격이 되기 위해 애쓰는 모습이 떠올랐다.

"처음 서울에 올라와서 한강에 갔을 때는 이런 생각이 들더라고요. 이 넓은 서울에 내 자리는 없구나. 2년이 지나니 이제는 그런 생각도 안 들어요."

나는 딸도 없는데 그녀가 딸처럼 애틋하고 갸륵했다. 부모님과 사이가 좋지 않아 집을 떠났을 때는 좋기만 했는데, 아버지가 아프시니 자꾸 마음이 쓰인다고 했다. "제가 이렇게 나와서 살 수 있는 것도 부모님 도움을 받은 덕분이잖아요. 서울은 월세가 세서 생활하기 빠듯한 친구들도 많은데 저는 보증금을 부모님이 내주셔서 형편이 좀 낫거든요." 서울이라는 차가운 도시에서, 그것도 자본주의의 중심인 동네에서 일하며 사는 동안 그녀의 마음에 쌓였을 크고 작은 생채기를 슬쩍이라도 어루만져주고 싶었다.

오늘 조식은 내 작은 선물이라고, 낯선 도시에서 열심히 살아가는 그대에게 보내는 작은 격려라고 했다. 그녀가 눈을 동그랗게 뜨고 물었다. "아니, 그래도…… 저한테 왜요?" "여행 다닐 때마다 나도 늘 누군가의 호의에 기대었거든요. 그렇게 받은 마음을 다른 누군가에게 돌려주며 사는 거예요. 나중에 ○○씨도 누군가에게 마음 한 자리 내주면 되는 거죠." 그러자 그녀는 내 책을 사겠다고, 서점에서 사는 것보다 직접 사는 게 조금 더 낫지 않냐며 책값을 내겠다고 했다. 지난밤에 너무 재밌게 읽었다면서 수줍게 덧붙였다. "저 작가님 책 다 찾아 읽을 것 같아요."

헤어질 때 내가 줄 수 있는 가장 따스한 기운을 담아 그녀를 꼭 안아줬다. "작가님 책 읽으면서 또 만날 때까지 씩씩하게 살고 있을게요. 마지막에 안아주실 때 너무 따뜻해서 울 뻔했잖아요. 너무 위로받고 가요. 정성스러운 식사도 맛있게 잘 먹고 갑니다. 적게 일하고 많이 버시길!" 그녀는 이런 문자를 남기고 떠났다. 책값에 조식값까지 더해서 송금을 하고서는. 그녀가 가고 나서 그녀의 뒷자리를 가만히 들여다봤다. 이부자리를 단정하게 개어놓았고, 다 쓴 수건들도 가지런히 접어서 바닥에 두었다. 오래 기억될 손님이었다.

언제부터인가 우리집에 오는 손님의 8할이 20~30대 여성이다. 혼자 찾아온 그녀들은 산책을 좋아했고, 이 동네의 고즈넉함과 가까이 있는 숲을 사랑했다. 책이 가득한 아래층 서재에서 차를 마시며 책 읽는 시간을 진심으로 행복해했다. 타인의 취향을 엿보는 즐거움이 크다면서 내가 책에 써놓은 글들을 찾아 읽었다며 웃기도 했다. 가끔은 책갈피 사이에 꽂힌 여권 복사본이나 오래된 사진 같은 걸 찾아내 건네주기도 했다. 떠날 때면 뒷정리를 깔끔하게 해놓고, 감사의 마음을 담은 다정한 쪽지나 작은 선물을 남기기도 한다. 공간이 주는 위안을 알고, 그 공간에 어울리게 머무르는 법도 아는 이들이었다.

우리집에 찾아오는 손님을 볼 때마다 '요즘 젊은이들'이라는 표현에 담긴 편협함을 확인하게 된다. 당연한 말이지만, 사람은 다 다르다. 간단히 정의할 수 없다. 상황에 따라서도, 누구와 있느냐에 따라서도 감정의 결과 그 결을 표현하는 방식이 달라지는 복잡한 존재다. 어떤 상황에서는 그 사람이 지닌 가장 선한 본성이 온전히 드러나고, 어떤 사람 앞에서는 가장 나쁜 습속이 새어나오기도 한다. 나는 상대의 가장 아름다운 면을 끌어내는 사람이고 싶다, 그런 상황을 만들어주는 어른이고 싶다는 생각을 종종 하게 된다.

『그리스인 조르바』에는 이런 이야기가 나온다. 두목의

아버지는 저녁마다 동네를 돌아다니며 이방인을 집안으로 끌어들여 한 상 가득 차려주고는 말했다. “자, 당신이 본 세상의 이야기를 들려주시오.” 요즘 나는 두목의 아버지가 된 것 같다. 이렇게 다양한 사람이 저마다의 자리에서 있는 힘껏 살아가는 이야기를 집안에 앉아 들을 수 있다니! 에어비앤비를 하는 한 여행을 다니지 않아도 결핍감이 덜할 것 같다. 앉은자리에서 유목하는 일이 이렇게 가능해지는구나, 평생토록 배우고 성장할 수 있겠구나, 에어비앤비를 시작해서 다행이다, 이런 생각이 든다. 나이와 하는 일과 고향과 학력, 이 모든 의미 없는 선을 뛰어넘어 이뤄지는, 살아가는 일의 기쁨과 슬픔에 대한 공감. 비록 순간일지라도, 단 한 번일지라도, 이렇게 번개처럼 찾아드는 찰나의 위로가 있어 오늘도 기꺼이 청소를 하고 조식을 만든다.

물론 에어비앤비 호스트로 산다는 건 육체와 정신이 조화롭게 혹사당하는 일이다. 에어비앤비를 시작하고 난 후에야 깨달았다. 그간의 돈벌이는 ‘숙박업’에 비하면 상대적으로 쉬웠음을. 내가 태어나 해본 일 중에 가장 힘든 일이 숙박업이다. 우선은 청소. 하룻밤 손님을 위해 시트와 이불, 타월을 몽땅 빨아야 하는 반환경적인 일을 매일 해야 한다.

욕조의 머리카락을 치우고, 쓰레기통을 비우고, 축축해진 타월을 걷고, 구겨진 시트를 벗기는 일을 반복적으로 해내야 한다. 내 기분과는 상관없다. 미룰 수 없는 청소의 세계가 기다리고 있다. 내가 쓰는 화장실 거울의 얼룩은 며칠 닦지 않아도 괜찮다. 손님용 화장실 거울에는 한 점의 얼룩도 허용할 수 없다. 바닥에 머리카락이 보이면 대재앙이다. 청소를 방금 마쳤는데 눈앞에 먼지 한 덩이가 보이면 격렬한 동공 지진에 휩쓸린다. 에어비앤비를 하게 된 후 나는 먼지의 무한자가증식설을 믿게 되었다. 그렇지 않고서야 해도 해도 자꾸 나오는 이 먼지를 설명할 길이 없다. 코로나 시대라 문고리나 테이블 같은 곳은 소독제를 뿌려가며 또 닦아야 해서 더 피곤하다. 조만간 청소의 달인으로 거듭나지 않을까 싶다. 지난해 여름에는 지독한 장마로 아예 두 달간 손님을 받지 않았다. 빨래도 마르지 않고, 온 집안에 습기가 가득했다. 추우면 추운 대로 더우면 더운 대로 손님맞이가 쉽지 않다. 우리집은 구조도 불편하다. 손님 공간인 아래층과 내 공간인 위층이 계단으로 이어져 있어서 완벽한 분리가 불가능하다. 아래층에서 들려오는 소리를 막을 수 없고 위층의 소리도 아래로 내려간다. 태생적으로 집에 누가 와 있는데 무심히 내 일에 집중할 수 있는 성격이 아니라 계속 아래층에 신경이 쓰인다. 여관업은 좀 무던한 사람들에게 어울리는 일임을 매번 확인한다.

에어비앤비 숙소에서는, 서비스와 시설이 표준화된 호텔에서는 찾을 수 없는 주인의 개성이 고스란히 드러난다. 새로운 숙소에 머물면 늘 숙소 주인이 거쳐왔을 삶을 상상해보고는 한다. 머무는 곳이 자유분방과 지저분함의 아슬아슬한 경계에 있으면 주인도 참 자유롭게 살았겠구나 하는 생각이 든다. 단정하고 깔끔한 실내 인테리어를 보면 어쩐지 주인의 삶도 군더더기 없이 간결했을 것 같다. 어떤 공간이든 그 공간의 주인을 드러낼 수밖에 없다. 내 공간에서는 내가 살아온 삶의 궤적이, 나라는 사람의 일부가 고스란히 드러날 것이다. 그러니 매사에 조심스러워진다.

에어비앤비를 운영하는 내 원칙은 간단하다. 내가 여행에서 10만 원짜리 에어비앤비에 머문다면 원하는 것들을 손님에게 해드리는 것. 셀프 체크인이 아닌 주인의 환대. 책이 가득한 거실. 얼룩 없이 깔끔한 화장실 세면대. 책상이 놓인 침실. 향 좋은 차와 뜨거운 물. 테이블 위의 작은 꽃병에 꽂힌 꽃. 유기농 면으로 된 깨끗한 이부자리. 친환경 세면 용품이 갖춰진 화장실. 건강한 재료로 주인이 직접 만든 정갈한 아침식사. 아침을 먹으며 주인과 나누는 소소한 이야기들. 그런 것들이 목말랐다. 그래서 내 에어비앤비는 내가 머물고 싶은 곳을 닮도록 애쓰는 중이다.

몇 년 전 일본 이와미 은광 부근의 오모리 마을을 방문한 적이 있다. 마을을 부흥시킨 로컬 브랜드로 유명한 군겐도의 안주인 토미 할머니와 점심을 함께했다. 토미 할머니는 오래된 옛집을 근사한 여관으로 고쳐 운영하고 있었는데, 손님들과 함께 저녁을 먹는다고 했다. 직접 차린 저녁을 손님들과 나눈다니 그 이야기가 내 마음에 박혔다. 음식 솜씨가 없는 나는 본격적인 끼니가 되어야 하는 저녁을 차려줄 자신은 없다. 그러니 아침 정도가 알맞다. 주인과 마주앉아 나누는 밥 한 끼가 손님에게 그날 하루를 살아갈 힘이 되어주기를 바라면서. 저마다 최선을 다해 살아가는 그녀들로부터 세상을 배우는 시간이 있어 나도 힘을 얻는다. 물론 투입하는 노동력에 비해 경제성은 떨어진다. 조식을 준비하는 고단함을 언제까지 견뎌낼 수 있을지도 모르겠다. 하지만 내 공간을 좋아하고, 내가 사는 동네에 반해 어쩔 줄 모르는 손님들을 보면 피로가 풀린다. 아침식사를 마친 손님에게 "정말 제대로 대접받는 기분이었어요"라는 인사를 받으면 나도 행복해진다. 이 마음을 오래 지키기 위해 한 달에 열흘만 손님을 받는다. 딱 그 정도가 내가 기쁘게 손님을 맞을 수 있는 선이기에.

"나는 좋은 여행자인가?" 스스로 무수히 던졌던 이 질문은 내가 좋은 숙박업 주인이 되게 해주지 않을까. 여행하는 이의 마음을 잘 헤아려주는 주인이라면 그 자신도 여행을 충실히 했음을 방증하는 셈일 테니. 그런 생각을 하며 오늘도 화장실 거울을 닦는다.

방과후

산책단

산책단을 꾸린 건 내 인생의 대부분이 그렇듯 충동적으로 시작됐다. 비덕 언니의 살롱에서 저녁을 먹던 자리였다. 소셜다이닝 비덕살롱, 여성복지재단 윙, '혼자가 되는 집' 운영 등 하는 일이 정말 많은 비덕 언니는 M 선배님 부부 덕분에 이어진 인연이다. "여행 다녀오기 전이랑 다녀온 후에 들러. 내가 밥 차려줄게"라고 해 나를 감동시킨 비덕 언니는 그 이름처럼 많은 이들의 '비빌 언덕'이 되어주곤 한다. 그날도 밥 먹으러 오라는 말에 냉큼 달려간 자리였다. 20년 전에

인물 사진을 가르쳐주신 홍주 선생님과 마르쉐의 보은 언니도 같이 모였다. 강연이 끊겨 어떻게 먹고살아야 할지 막막하다는 내 말에 홍주 선생님이 제안했다. “매일 산책하는 그걸 프로그램으로 만들어봐라. 좋아하는 사람들이 있을 거다.” 코로나가 한창인 작년 4월이었고, 유일한 위안은 매일 하는 산책이었다. 그날그날의 산책 사진을 소셜 미디어에 올리고 있었지만 그 제안에 나는 회의적이었다. “에이, 그걸 누가 오겠어요. 유명한 관광지도 아니고, 동네 산책길인데……” 그래서 더 의미 있고 재미있는 프로그램이 될 수 있다며 그들은 열렬히 나를 설득했다. 반신반의하며 돌아온 그날 밤, 가까운 후배인 윤정, 지영과 산책단 이야기를 나누다 급물살에 휩쓸렸다. 그녀들은 검색을 통해 금액도 제안해주고, ‘방과후 산책단’이라는 예쁜 이름도 그 자리에서 만들어줬다. 자정이 넘은 시간에 페이스북에 공지를 올렸다. 아무도 안 오면 너희라도 신청해야 해, 이런 당부를 하면서. 그날 밤은 신청자가 한 명뿐이었다. 망했구나. 이게 웬 창피람. 다음날 아침 눈을 뜨자마자 확인하니 그새 신청자가 여덟 명이었다. 서둘러 마감을 했다. 평일에도 만들어달라고 댓글을 다신 양희은 선생님 덕분에 그날 2차 모임 날짜도 정해지고 2차까지 마감되었다.

내가 매일 걷는 동네의 숲을 함께 걸으며 이야기 나누고 간식을 먹는 것. 그게 프로그램의 전부였다. 나는 숲 해설가도, 문화 해설사도 아니라 아는 게 없다. 오직 산책만 하는 산책자였다. 질리는 일 없이 하루도 빠짐없이 산책하는 사람. 무지하나 열정적인 산책자가 꾸린 산책단에 온 사람들은 대부분 40~50대였다. 좀더 편안한 분위기를 위해 '여성의, 여성에 의한, 여성을 위한 산책단'을 표방했기에 당연히 참석자는 전부 여성. 마침 5월이 되어 숲은 하루가 다르게 녹음이 짙어가고 있었다. 산책 날 아침, 나는 아침부터 얼그레이 스콘을 굽고, 4단 찬합에 과일과 떡을 담고, 커피와 홍차를 내렸다. 숲에서 내가 좋아하는 자리에 예쁜 테이블보를 깔고 함께 먹을 간식이었다. '일회용품 없는 산책단'을 지향했기에 포크와 잔, 접시도 챙겼다.

코스는 내가 매일 걷는 길 그대로였다. 10년간 살았던 부암동에 얽힌 일화, 백사실 계곡에 관한 이야기를 하며 숲길을 걸었다. 숲에는 팥배나무꽃이 한창이었다. 무릎을 굽히고 눈을 가까이 가져가야 보이는 작은 꽃들도 있었다. 화살나무의 연두색 꽃, 꽃마리의 새끼손톱만한 연보라색 꽃이 그러했다. 나란히 핀 각시붓꽃 세 송이와 눈을 맞추기도 했다. 마침 일행 중에는 식물에 깊은 지식을 가진 최선생님이 계셔서 그 앞에 서기만 하면 이름이 척척 나왔다. 잠시 걸음을 멈추고 크낙새 울음소리에 귀기울이기도 했다. 시골길을 걷다보면 "후딱벗어 후딱벗어"라 들리게 우는 새가 있다고 얘기하니, 최선생님이 "그 새가 바로 검은등뻐꾸기"라고 냉큼 받으셨다. 팔각정에 올라 서울 시내를 내려다보고서 다시 숲으로 돌아와 돌 탁자에 모여 앉았다. 아끼는 천을 깔고 준비해온 간식을 올렸다. 무얼 먹어도 맛있게 느껴질 수밖에 없는 분위기였다. 오월의 신록이 그늘을 드리운 숲에 웃음소리가 번졌다. 여자들은 다정하게 서로를 보듬었다. 마지막 순서로는 청운공원 윤동주 시인의 언덕 근처 정자에서 메리 올리버의 글을 읽었다. 숲에는 귀여운 것이 아무것도 없다고, 우리는 모두 용감하고 야성적이고 귀엽지 않다고 이야기하는 산문 「몇 가지 말들」이었다. 그녀의 잘 알려진 시 「기러기」를 마저 읽고 해 지는 청운동에서 헤어졌다.

두번째 산책은 평일 오후에 나섰다. 양희은, 양희경 자매님이 함께한 산책이었다. 양희은 선생님은 어느 날 내 페이스북으로 메시지를 보내셨다. 언젠가 함께 여행을 해보고 싶다고. 2019년 가을, 함께 포르투갈을 여행하게 되었다. 양희은 선생님은 남편과 함께 참여하셨는데 여러 면에서 나를 놀라게 했다. “아침 9시에 로비에서 모일게요.” 다음날 아침 9시에 내려가면 두 분은 이미 와 계셨다. 10분 전에 내려가도 계셨다. 아니, 이분들이 로비에서 주무신 건 아닌가 싶을 정도로 매번 1등이셨다. 나는 마지막날까지 두 분보다 먼저 로비에 도착하는 데 실패했다. 조금 불편할 수 있는 상황이 생겨도 불평 한마디 없으셨다. 나이든 사람의 미덕은 돈을 잘 내는 거라며 모두에게 맛있는 식사도 여러 번 사주셨다. 어떤 제안을 해도 가장 먼저 좋다고 손을 번쩍 들어주시는 모습도 인상적이었다. 제일 연세가 많은 분들이셨는데 가장 배려가 넘치는 여행자들이었다. 그후 내가 중앙아시아에 다녀와 비덕 살롱에서 연 마켓에도 오시더니 방과후 산책단에도 희경 선생님과 함께 오신 터였다. 그날 백사실 계곡에서 수성동 계곡까지 걸었던 인왕산 자락길은 오르락내리락을 계속해야 하는 길이었다. 무릎이 안 좋은 두 분의 처지를 생각하지 못한 탓에 두 분은 꽤나 고생을 하셨다. “재는 지가 안 아파봐서 이 길이 오르락내리락이 심한지도 몰라. 이런 건 자기가 아파봐야 보이거든.” “내가 관절이 없는 여자라는 것도 모르는 거야." 힘든 상황에서도 희경 선생님이 유머 넘치는 멘트를 하면 희은 선생님은 적절한 리액션으로 받으며 모두를 웃게 만들었다. (나중에 들으니 두 분은 다음 날도 무릎이 아파 꽤나 고생을 하셨고, 그날부로 집 앞의 완만한 정발산을 최고의 산으로 모시게 되었다고 한다.)

세번째 산책 장소는 1, 2회 산책에 다 참가한 정선생님이 가이드를 자청한 수원화성으로 정해졌다. 산책단은 남산을 걷기도 했고, 변시지나 김보희의 전시를 함께 보고 차를 마시거나, 함께 글을 읽는 시간을 갖기도 했다. 그러다보니 지방 프로그램도 만들어달라는 요청이 생겨났다. 첫 지방 여행은 히어리 언니가 있는 경주에 가기로 했다. 2박 3일의 여행 일정을 짜면서 모두를 위한 책임 있는 여행을 꿈꾸었다. 현지인의 일상을 배려해 소란스럽지 않게 다니고, 일회용품을 전혀 사용하지 않고, 여행지의 자연과 문화 환경을 보호하며 다니는 여행. 사람들이 붐비는 주말여행이 아닌 고즈넉한 평일 여행. *旅行*인 동시에 *女行*. 나는 처음부터 여자들만의 산책을 꿈꾸었다. 세상에는 남자들을 위한 놀이와 공간이 많으니 나 하나쯤은 여성만을 위한 산책을 해도 되겠지 싶었다. 여자들끼리 더 자연스럽게, 더 편안하게,

소규모로. 그래서 단체 여행이지만 인원수를 최소화해 여덟 명으로 마감을 했다. 입소문이 났는지, 소셜 미디어에 올라오는 사진이 좋아 보였는지, 산책단의 신청 마감은 점점 빨라지고 치열해졌다. 코로나로 강연 요청은 여전히 들어오지 않았지만 나는 산책단으로 그럭저럭 생계를 꾸릴 수 있게 되었다. 여름에는 강원도로 '레이디 스카웃'을 꾸려 백패킹을 다녀오기도 했다. 방과후 산책단은 제주와 고흥, 공주, 완주로 점차 지역을 넓혀갔다. 지원을 자청하는 언니들이 있어서 가능했다. 경주에서 제로 웨이스트 샵 '숲을'을 운영하는 이림 언니는 천 냅킨 만들기 체험 수업을 열어주셨고, 비덕 언니는 제주의 '혼자가 되는 집'을 내어줬고, 애월에서 목공 카페 '슬로우리'를 운영하는 양선 언니는 도마 만들기 수업을 진행해주었다. 고흥 나로도에서 펜션 '어떤 쉼'을 운영하는 미희 언니는 우리와 함께 시를 읽다가 모두를 울게 만들기도 했다.

시를 읽는 시간도 점점 당연하게 받아들였다. 처음엔 나만 읽었던 시를, 이제는 모두가 한 편씩 준비해와 돌아가면서 읽는다. 그러다 어떤 한 구절이 심장을 헤집어 눈물 쏟게 만들고, 그 이야기를 하다가 결국 모두 함께 눈물바다가 되는 일이 일어나기도 한다. 시를 읽다가 울고, 서로의 등을 쓸어주고, 손수건을 건네는 풍경에 나도 울컥해지곤 한다.

처음 만난 사람들끼리 시를 읽는 시간이라니. 어색하지 않을까, 잠시 고민도 했다. 누군가 내 페이스북에 "시가 진입 장벽이에요"라고 남기기도 했다. 시는 분명 많은 이들의 일상에서 멀리 떨어져 있다. 하지만 바쁜 일상 속에서 놓치고 지나가는 것들을 섬세하게 들여다보는 시, 삶의 모든 것을 새롭게 해석하는 시, 그런 시가 주는 긴장과 놀라움을 함께 나누고 싶었다. 삶에는 술을 마시며 의미 없는 농담을 나누는 시간도 필요하지만, 좋은 시를 읽고 나누며 인생을 고요히 들여다보는 시간도 필요하지 않을까. 시와 멀어진 삶 속에서 어쩌다 한 번이라도 시를 읽는 시간을 만들고 싶었다. 시를 읽는다는 건 일상을 잠시나마 멈추는 브레이크 같은 거니까. 시를 읽는 시간은 우리 사회가 달려가는 속도에 대한 부드러운 저항일 수도 있으니까. 돈으로 모든 것을 환산하는 시대에 돈이 아닌 것을 소중히 여기겠다는 은유일 수 있으니까. 시와 산책은 또 얼마나 어울리는가. 게다가 타인의 목소리로 시를 듣는 시간은 그 자체로 귀하다. 읽는 이의 목소리가 미세하게 흔들리는 행간을 통해 타인의 마음을 슬쩍 들여다볼 수도 있다. 그런 마음으로 나 또한 어색함을 견디며 시작한 시간이었다. 방과후 산책단을 이어갈수록 많은 분들이 고등학교 졸업 이후 처음 시집을 샀다고, 책장을 뒤져 시집을 찾아 읽게 되었다고 이야기하신다. 정말로 기쁜 일이다.

방과후 산책단에 왜 사람들이 모이는 걸까. 산책은 아무 곳에서나 하면 되는 건데. 코로나 시기라 편하게 누군가를 만나기도 힘들고, 외출도 제대로 못하니 사람과의 접촉이 그리웠던 걸까. 여성들만의 여행이라 불편할 일이 덜하고, 더 안전하다고 느끼기도 했을 것이다. 페이스북이라는 공간에서 취향이 비슷한 사람들이 모이니 조금 더 빠르게 가까워지기도 했을 것 같다. 어쩌면 방과후 산책단은 가장 느슨한 '취향의 공동체'인지도 모른다. 소셜 미디어에서 내가 올리는 일상을 공유하며 이미 조금이라도 공감대가 형성되어 있었을 테니. 첫 만남이지만 서로 댓글을 통해 이미 익숙해진 이름도 많다. 함께 걷고, 밥을 먹고, 서로가 읽는 시에 귀기울이다보면 처음의 어색한 기분도 금세 사라지곤 했다. 무엇보다 방과후 산책단은 나에게 오래도록 인연을 이어가고픈 언니와 동생을 만나게 해줬다. 스쳐지나는 인연일 수 있는 이들이 서로를 자기 삶의 경계 안으로 끌어들여 살뜰히 돌보고 보살피며 살아가게 되었다. 내가 혼자가 아니라는 사실을 그녀들 덕분에 종종 깨닫는다. 아무것도 아닌 일에 즐거워하고 감동하는 그녀들을 보기 위해, 아니 덩달아 행복해지는 나를 보기 위해 나는 조금 오래 방과후 산책단을 꾸려갈 것 같다.

애매모호한 정체성

막다른 길이었다. 숨이 끊어지기 직전까지 달려왔으니 골인 지점이 보일 거라고 믿었는데, 눈앞은 벽이었다. 되돌아나갈 길은 아득한데, 앞으로는 갈 수 없었다. 힘이 빠져 더는 서 있을 수도 없었다. 벽 앞에 주저앉아 나를 가로막은 벽을 멍하니 바라만 보는 날들. 쓴다는 일에 나는 처참히 패배한 상태였다.

지난 12월부터 방과후 산책단 겨울방학을 선언하고, 글쓰기에 매진하기 시작했다. 여행에 관한 글만 써온 내가 처음 '여행을 뺀 삶의 이야기'를 써내려갔다. 화려한 싱글과는 거리가 먼 중년의 싱글 여성이 좌충우돌하며 살아가는 솔직한 이야기. 글은 지지부진하거나 지리멸렬했다. 여행하는 삶이 빠진 일상이라니, 시시한 이야기밖에 없는 것 같았다. 여행하지 않는 내 일상을 시시하다고 생각한 적은 한 번도 없었는데, 글로 적어놓으니 뭉개진 케이크처럼 볼품없어 보였다. 이런 이야기를 누가 읽어줄까. 노트북을 켜놓고 자판을 누르지 못하는 날들이 지나갔다. 그런 날들이 길어지면서 수면장애가 찾아왔다. 소음과 빛이 없는 한 잠들 수 있었는데, 새벽에 자주 잠이 깼다. 가슴이 답답해 어둠 속에서 심장을 누르며 앉아 있기도 했다. 잠들지 못하는 새벽이면 노트북을 켜고 앉았지만, 손이 움직이지 않았다.

글이 안 풀리니 삶이 막막해졌다. 누가 읽어준다고 이렇게 고생을 하고 있어? 너는 글쓰기에 재능도 열정도 없잖아. 지금이라도 다른 일을 찾아야 해. 글쓰기로는 미래가 없어. 이런 속삭임이 나를 흔들었다. 원고를 쓰는 동안 버티기 위해 모아둔 생활비는 딱 석 달 치였다. 3월부터는 다시 돈을 벌어야 했다. 5인 이상 집합 금지도 풀리지 않아 방과후 산책단을 꾸릴 수도 없어 그야말로 생계가 다시 막막해지고 있었다.

어서 다른 길을 찾아야만 할 것 같았다. 어딘가 시골에 조금 넓은 집을 구해 본격적으로 에어비앤비를 꾸려야 하나. 아니면 나도 동영상 편집 기술을 익혀 유튜브를 시작해야 하는 걸까. 먹고살려면 역시 손 기술이 최고야. 요리나 꽃꽂이를 배우러 다닐까. 제빵사나 플로리스트 과정이 있는 학교에 메일을 보내 학비를 알아보기도 했다. 뭐 하나 선뜻 시작할 수 없는 대안들만 떠올랐다가 가라앉기를 반복했다. 서른넷에 살던 집의 방을 빼 세계 일주를 떠났던 것처럼 다시 전세를 빼야 하는 건가. 이제 모험을 하기에는 너무 늦은 게 아닐까. 시간이 속절없이 흘러갈수록 초조한 마음이 부풀어올랐다.

내게도 욕심이 있었다. 잡문이지만 글을 써서 살아온 사람으로서 당연한 바람. 잊히고 싶지 않다는, 더 많은 독자에게 읽히고 싶다는, 나이가 들어도 계속 글을 쓰고 싶다는 욕망. 그 욕망에 비해 내가 지닌 능력은 턱없이 부족했다. 그 부족함을 나는 '낯선 여행지에서 일어난 에피소드'들로 채워왔다. 사건과 장소가 이미 한몫을 해주는 글쓰기를 내려놓고, 코로나 시대 떠나지 못하는 삶의 이야기를 쓰자니 과부하가 걸렸다. 능력이 없다면 열정이라도 있어야 하는데 내 열정의 크기는 애매모호했다. 애매한 열정과 애매한 재능과 애매한 감수성, 애매한 부지런함. 애매하게 외롭고, 애매하게 예민하고, 애매하게 가난한 나. 내 정체성은 '애매모호한 나'였다. 그런 내가 쓴다는 일을 꽤나 사랑했다는 씁쓸한 자각이 들었다. 쓰는 일이 풀리지 않으니 일상이 무너졌다.

새로운 글쓰기가 두려웠듯이, 다른 모든 새로운 것이 두려웠다. 뭘 할 수 있는지 생각해보면 하고 싶은 일은 많아도 할 수 있는 일은 보이지 않았다. 지닌 게 너무 없었다. 어떻게 통장에 6개월을 버틸 돈도 없을까. 자유의 대가를 치르는 기분이었다. 스스로 선택한 길인데 마치 잘못 살아온 듯 느껴졌다. 어떻게든 될 거라는 낙관도 없었다. 오래 여행을 떠나지 못해 신선한 자극을 받지 못한 탓도 있을 터였다. 나는 고인 물이 되어 썩어가는 것 같았다. 불안해졌다. 잠을 잃었고, 끝없이 단것을 찾았고, 매일 허기가 졌다. 몸무게가 3킬로그램쯤 불어서 허리와 무릎이 아파왔다. 언제까지 이런 삶을 이어가야 하는가. 나는 이미 넘치도록 충만한 삶을 살았는데, 계속해야만 하는 걸까. 이런 의문까지 밀려들었다. 사는 게 지긋지긋해지고 자신이 없어졌다. 인정해야 했다. 내가 외롭구나. 지금 무너지고 있구나. 혼자라는 사실이 견디기 힘든 형벌처럼 느껴지는 그런 날이 다시 찾아왔구나. 지나가기를 기다리며 감당하는 수밖에 없겠구나. 다 알면서도 불안했다.

많은 사람들이 곁에 있다고 생각했는데 아무도 없는 것 같았다. 방과후 산책단에 왔던 사람들은 자기들끼리 친해져 언니 동생 하면서 어울리는데 나는 여전히 "작가님" "쌤" 이런 애매한(!) 호칭으로 불리며 혼자인 것 같았다. 나는 남들과 나를 비교하지 않고 잘 살아왔다. 그건 내가 지닌 큰 미덕이었다. 남이 가진 것을 부러워하지도 않았고, 남의 시선에 연연하지도 않았다. 그랬던 내가 쉰이 넘어 아주 제대로 못나져가고 있었다. 남의 글과 나를 비교하고, 남의 삶과 내 삶을 비교하며 쭈그러들고 있었다.

나는 몇 달 사이에 극심한 불신론자가 되어 모든 것을 향한 회의와 의심의 횃불을 활활 태우고 있었다. 뭐 그럴 수도 있지. 지금은 내가 이렇게 마음을 다치는 시기구나. 이렇게 졸렬해지고, 안쓰러워지고, 못나지는 시기구나. 지나갈 거야, 이 시기도. 곧 꽃이 피어나고, 세상이 생명의 기운으로 가득 차오를 거야. 그러면 너도 덩달아 힘을 얻을 거야. 하루에도 몇 번씩 스스로를 다독였지만 여전히 잠이 오지 않는 밤을 맞아야 했다. 그렇게 뒤척이다 눈을 뜬 늦은 아침, 양희은 선생님의 문자가 와 있었다. "쌤, 요즘 글쓰기를 부여잡고 감정이 처지시고 여러 걱정이 몰려오나보네요. 꼭 제 노래 작업과 같아 보여 전 정말 아무 말씀도 못 드리고 혼자 삼키고 말아요. 수학에서 같은 값을 지워버리듯……"

2년 반째 늪에 빠져 있다는 희은 선생님의 고백은 부끄럽게도 나를 위로했다. 아, 일흔이 되어서도 고통받는구나. 글이든, 음악이든, 그림이든, 무언가를 만들어내는 일을 하는 사람은 평생토록 자신의 한계 안에서 자유롭지 못하겠구나. 짧은 희열과 긴 고통을 맛보며 살아가는 삶이겠구나. 대가수든 대작가든 위대한 화가든 마찬가지구나 싶었다. 점점 더 높이 올라갈수록 그들의 경쟁자는 자신뿐일 테고, 자신의 벽을 스스로 넘어서야 할 테니까. 그들에게 타인의 칭송이나 비판은 별 의미가 없을 것이다. 자신이 만든 기준에 다다르는 일만이 중요할 뿐. 눈시울이 뜨거워졌다.

"오늘은 선생님의 말씀에 기대어 하루를 살게요"라는

내 말에 희은 선생님은 이렇게 답하셨다. "누구에게도 어디에도 기대지 마시고…… 남희 선생님께 기대는 많은 이들을 기억해주셔요." 이런 고통이 나만의 것이 아니라는 생각에, 삶이 마지막 순간까지 이렇게 나를 쥐고 흔들 거라는 생각에, 어쩐지 안심이 되었다. 체념 비슷한 안도였다. 쉰을 넘겨도 인생은 여전히 어렵고 쓸쓸하지만, 아마도 인생은 마지막까지 그럴 것이다. 하지만 제자리였다고, 뒷걸음질에 불과했다고 믿고 있는 이 허둥거림도, 먼 훗날 돌아보면 앞으로 나아가는 중이었음을 인정하게 될 것이다. 저마다 다른 이유로 이 순간에도 깨어 있을 세상의 모든 사람들, 그들의 어깨를 토닥토닥 두드리고 싶은, 새벽 4시 25분.

코로나 시대 여행자로 살아가기

나는 지금 여행중이다. 한 번도 겪어보지 못한 시간과 공간이다. 평생토록 낯선 장소를 찾아다닌 보람이 있다. 모든 게 완벽하게 낯설다, 여기는. 경이로움보다는 당혹감이 앞서고, 설렘이 빠진 긴장이 가득하다. 거리의 사람들은 마스크를 눈 밑까지 높여 쓰고 있어 얼굴을 알아보기 힘들다. 늦은 밤 골목에서 검은 모자에 검은 마스크를 쓴 사람과 마주치기라도 하면 숨이 가빠진다. 기침소리만으로 누군가를 위협할 수도 있다. 다정한 표현은 거부당하기 쉽다. 키스는 커녕 포옹이나 악수도 환영받지 못한다. 타인이 그 존재만으로 공포가 되는 시대를 여행하고 있다. 상상도 해보지 못했던 이상한 세계 속으로 내던져졌다.

많은 사람들이 내게 묻는다. 온 세계를 돌아다니다 집에 갇힌 기분이 어떠냐고. 코로나라는 세계를 여행중이라 흥미진진하게 잘 지내요. 이렇게 태연하게 대답할 수 있으면 좋겠지만, 코로나는 내 일상 풍경도 바꾸어놓았다. 무엇보다 혼자 사는 내가 정말 혼자가 되어버렸다! 5인 이상 집합 금지가 계속되니 가족이 다 같이 모일 수도 없다. 조카들을 만나러 가서도 동생이 퇴근할 시간이 되면 서둘러 집으로 돌아오는 날들이다. 가족이래야 조카들까지 일곱 명이 전부인데 명절에도 모일 수가 없다. 카페 좌석 이용이 금지되던 시기는 최악이었다. 사람을 만날 공간 자체가 사라진 셈이었다. 때맞춰 계절마저 한겨울. 찬바람 부는 거리를 하염없이 걸으며 이야기를 나눌 수도 없고. 코로나가 내게 일깨워준 건 나는 타인의 온기로 생명을 유지하는 사람이라는 점이었다. 나는 혼자 살기에 적합한 사람으로 태어났지만 그건 일상의 공간을 혼자 점유한다는 것일 뿐. 사람에게 기대어 살아야만 했다. 여행을 다닐 때도 타인을 만나 나와 다른 삶을 들여다보고, 그 다름 안에서 비슷한 것을 찾아내는 즐거움이 가장 컸다. 사람을 만나는 일이 불편하고 꺼림칙한 일이 되어버린 시대니 쓸쓸함의 밀도가 높아질 수밖에.

경제적인 불안도 커졌다. 프리랜서 여행가로 산다는 건 다음달 수입이 얼마가 될지 알 수 없는 날들을 평생 견디는 일이다. 태연하게 혹은 태연한 척. 강인한 정신력은 필수다. 내가 무너지지 않은 건 메르스 때 비슷한 위기를 짧게나마 겪었던 덕분이다. 어지간해서는 어떻게든 살아간다는 걸 알았으니까. 원하는 걸 다 하며 살 수는 없지만 그럭저럭 버티는 건 가능하다. 그달 벌어 그달을 살게 된다. 바야흐로 지속 가능한 적자 인생의 시작이랄까. 그런 각오로 잘 견디고 있었는데 코로나 2년차가 되니 타격이 커져간다. 원래도 변변찮던 수입이 오뉴월 가뭄에 비쩍 말라붙은 오이처럼 쪼그라들었다. 일단 주 수입이던 강연이 끊겼다. 커플을 받지 않기로 한 이후 에어비앤비의 손님도 줄었다. 5인 이상 집합 금지로 방과후 산책단을 꾸릴 수도 없다. 12월부터 1월, 2월 내내 통장 잔고는 들쥐가 파먹은 옥수수처럼 앙상해져갔다. 작년 한 해는 주변의 도움과 방과후 산책단으로 살아냈지만, 올해는 어떻게 될지 알 수 없다.

경제적으로 불안해진 대신 무한에 가까운 시간이 주어졌다. 갈 곳이 없고, 만날 사람도 없다. 돈도 시간도 다 갖겠다는 욕망을 포기하면 나쁘지 않은 삶이다. 시간 부자로 살아가는 일은 굉장한 특혜니까. 이 무한한 시간을 어떻게 채울 것인가는 오직 나에게 달렸다. 더없이 방탕하게 퍼져서 집을 도둑이 다녀간 현장처럼 변화시킬 수도 있다. 그야말로 아무것도 하지 않고 시간만 죽이는 피폐한 삶도 멀리 있지 않다. 원한다면 드라마 시즌 1, 2 정도야 이틀 안에 끝낼 수 있다. 매일의 루틴, 그날 해야만 하는 일을 의식처럼 반듯하게 해낼 필요가 여기서 생겨난다. 한 번뿐인 인생을 코로나 탓만 하며 엉망으로 낭비할 수는 없다. 아침에 눈을 뜨면 바로 실내복으로 갈아입고, 창을 열어 환기를 하고, 식물들의 상태를 살펴 물을 주거나 햇볕 쪽으로 옮겨주고, 귀찮아도 꼬박꼬박 음식을 만들어 먹고, 청소나 설거지를 미루지 않고 해낸다. 날이 궂거나 몸이 무거워도 산책을 나가고, 좋은 책을 찾아 부지런히 읽고, 죽이 되든 밥이 되든 하루에 몇 시간은 책상 앞에 앉는다.

거기서 조금 더 나아가 기념할 날들을 일상에서도 쌓아가는 것. 이번 생의 첫 경험들을 일상에서도 늘려가는 것. 익숙한 공간과 반복되는 시간 속에서 낯설고 새로운 것들을 찾아나서서 만나는 것. 코로나 시대 백수가 사는 법이다. 지난 겨울 나는 첫 밤 조림을 만들었고, 손바느질로 면 냅킨을 만들었고, 식물을 키우기 시작했다. 조카들과 함께 쿠키를 굽고, 밀랍 초와 리스를 만들었다. 산책길에 동네 미술관에 자주 들르고, 매일 조금씩 장을 봐 음식을 만든다. 그토록 하기 싫었던 온라인 강연도 시작했다. 몇 년째 미루기만 했던 운전 배우기에도 도전해 고군분투 끝에 드디어 면허증을 따냈다. 어쩌면 일상을 여행해볼 수 있는 유일한 시대가 지금인지도 모른다. 일상조차 낯설어졌으니.

여행에는 공간과 문화와 사람까지 모든 것이 낯선 세상에서 내 세계를 확장해가는 즐거움이 있지만 어쩔 수 없는 긴장이 따라온다. 일상은 익숙한 것들과 내가 구축한 질서에 기반한 평화를 주지만 지루해지기 쉽다. 그래서 여행이 길어지면 익숙한 것을 그리워하게 되고, 일상이 길어지면 여행지의 낯선 것들이 그리워진다. 한번 집을 떠나면 두어 달은 기본으로 한뎃잠을 자다보니 여행지에서도 격렬히 아무것도 하고 싶어지지 않는 순간이 온다. 며칠간 정신없이 아침부터 밤까지 미술관이며 박물관을 돌아다닌 후라든가, 온몸이 뻐근할 정도로 걷다가 산에서 내려온 다음날 같은. 여행을 하면서도 이토록 열심이었으니 게을러질 자격이 있다고 믿고 최대한 빈둥거린다. 늦잠을 자고, 천천히 아침을 먹고, 책 한 권을 챙겨 숙소를 나선다. 여행할 때 반드시 책 몇 권을 챙겨넣는 이유는 여행지에서도 일상의 순간을 만들고 싶은 욕망 때문인지 모른다. 일상이 주는 안락함을 최대한 비슷하게, 잠시라도 누려보기 위해서. 동네 카페를 찾아가 현지인 코스프레를 하며 책을 읽는다. 구글 리뷰의 별점 가득한 명소가 아닌 동네 뒷골목을 슬렁슬렁 걸어다닌다. 하나라도 더 봐야 한다는 의무감에서 벗어나 지도도 보지 않고 하릴없이 걸어다니는 순간 여행의 긴장이 누그러진다. 일상의 산책이 여행 안으로 들어온다. 그렇게 일상과 여행의 융합과 변주가 가능해진다.

코로나라는 낯선 세계가 우리를 덮친 지 2년. 코로나가 우리를 얼마나 더 낯선 세계로 데리고 갈지 알 수 없다. 세계가 집단면역을 형성하려면 7년이 걸린다는 기사를 보았다. 7년간 여행을 떠날 수 없다면 어떻게 해야 할까? 그때도 나는 내 직업을 '여행가'라고 말할 수 있을까? 물이 없으면 바로 가사 상태에 빠진다는 생물, 물곰 이야기를 들은 적이 있다. 말라빠진 채로 있다가도 물 몇 방울만 주어지면 수년 후에도 다시 살아난다 했던가. 지금 내가 그렇다. 바싹 말라 미라처럼 되어가지만, 살아서 물방울을 기다리는 중이다. 내가 지닌 최고의 삶의 기술을 갈고닦으면서.

나에게 필살기가 하나 있다면 어떤 순간에도, 어떤 공간에서도 경이로움을 찾아내는 능력이다. 작고 반짝이는 것들을 알아채고, 그것들에 순수하게 감탄하고 몰입하는 능력. 그런 능력 덕분에 나는 일상과 여행이라는 양쪽 세계를 다 사랑할 수 있었다. 어쩌면 그건 아무것도 아닌 것들을 특별하게 느끼고 바라보는 여행자의 시선일 수도 있다. 반복되는 일상 속에서 여행자의 감수성을 소환해낸다. 산책을 하다 늘 걷던 길이 아닌 처음 가는 길로 방향을 바꿀 때, 새 전시가 시작되는 미술관의 문을 열고 들어설 때, 서점에서 내가 모르는 저자의 책을 넘겨 볼 때, 동네에 새로 문을 연 카페에서 첫 커피를 주문할 때, 그 모든 순간이 내게는 여행의 순간이다. 오늘도 내가 찾아내주기를 기다리는 사소한 기쁨들이 여기저기에 숨어 있다. 보물찾기하는 아이처럼 눈을 빛내며 그것들을 찾으러 간다. 물곰이랑 똑 닮은 몸을 일으켜서.

여름의 두 가지 기억

3년 전 여름밤, 경주 봉황대 앞에서 영화 〈원스〉를 상영하는 행사가 열렸다. 영화 상영 후 나는 아일랜드 여행 이야기를 하고 가수 하림씨가 음악을 들려주는 시간이 이어졌다. 뒤풀이까지 마치고 숙소로 돌아가니 새벽 2시. 주최 측에서 황남동의 한옥 '히어리'에 방을 예약해둔 터였다. 한껏 소리 죽여 대문을 열고 들어갔는데 안주인이 나오셨다. 기다리고 있었다고. 다음날 그녀가 차려준 아침을 먹으며 이야기를 나눴다. 산티아고에 관해 쓴 내 책이 자신의 인생을 바꾸었다며 그 고마움을 꼭 전하고 싶었다고 했다. 그 책을 읽고 나서 언젠가 산티아고에 가려고 영어 공부를 시작했고, 그러다보니 게스트하우스까지 운영하게 됐다면서. 그녀의 게스트하우스는 방이 두 개뿐이지만 인기가 많았다. 깔끔하고, 주인이 정성껏 차려주는 아침식사의 평이 좋았다. 그날은 그렇게 아침을 먹고 주인의 배웅을 받으며 경주를 떠났다.

다음해 늦봄, 그녀에게서 연락이 왔다. 낡은 집을 사서 손수 고친 또하나의 게스트하우스가 완성되었으니 여름이 오기 전에 와서 머물다 가라고. 그녀의 호의를 기꺼이 받아들였다. 초여름 어느 날 나는 경주로 내려갔다. 작은 뜰이 있는 새 게스트하우스는 내 마음에 쏙 들었다. 고요하고, 단정하고, 교통까지 편리했다. 공용 부엌이 있어 아침을 먹거나 책을 읽으며 앉아 있기에도 좋았다. 부부는 가끔씩 들렀다. 어떤 날 오후에는 안주인이 운전하는 차를 타고 진평왕릉에 갔다. 느티나무 그늘 아래 청년이 연인의 무릎을 베고 누워 세월을 흘려보내고 있었다. 다음에는 나도 연인을 데려와 저 느티나무 아래 누워 세상 따위 잊어버리리라. 당선 가능성 없는 후보의 선거판 연설처럼 기약 없는 다짐을 흘리기도 했다. 주말에는 경주 시내에서 열리는 경매장 구경을 나서기도 했다. 영화에서 보던 소더비나 크리스티 경매장과는 사뭇 다른 분위기였다. 화려함이나 세련됨과는 거리가 먼, 투박하고 정겨운 분위기였으니. 놀랍게도 경매장에서는 공짜로 밥을 줬다. 어르신들 옆에 앉아 열무를 비벼 점심을 먹고, 오후 내내 열린다는 경매를 구경했다. 팔짱을 끼고 앉아 관심 있는 물건이 매물로 나오면 몸을 쑥 내밀고 자세히 보며 돈이 있는 척하면서. 홍화 씨부터 오래된 반닫이까지 무수한 물건이 경매에 올랐다. 경매가 끝난 후 내 손에는 일제강점기에 만들어진 가위와 차통 하나가 남았다. 지불한 비용은 1만 5000원. 어느 오후에는 차를 타고 한참 달려 도자기 굽는 이의 작업장에 가서 경주빵에 차를 마시며 앉아 있기도 했다. 경주에 살고 싶다는 내 말에 안주인은 나를 데리고 집을 보러 다녔다. 9000만 원부터 2억 4000만 원까지 집 세 채를 보며 잠시 꿈을 꾸기도 했다. 부부는 내가 혼자 누릴 시간을 보장하면서도 함께 어울릴 자리를 만들어 불러주셨다. 그 적절한 배려가 고마웠다.

지난해, 나는 그녀의 도움으로 '방과후 산책단 경주' 여정을 꾸렸다. 그사이 나는 그녀를 언니라고, 그녀는 나를 남희씨라고 부를 만큼 가까워졌다. 그녀가 운전하는 차를 타고 경주 곳곳을 다니며 코스를 고르고 프로그램을 짰다. 여덟 명의 여자들이 그녀의 게스트하우스를 통째로 빌려 2박 3일간 함께 경주 곳곳을 걸어다녔다. 밤이면 촛불을 켜고 모여 앉아 시를 읽고, 대청마루에 누워 낮잠을 즐기고, 남산을 올랐다. 해 질 무렵에는 대릉원을 거닐고, 기림사의 수국을 들여다보거나 계곡에서 피크닉을 즐기기도 했다. 도예가의 공방에 들러 차를 대접받고 작은 찻잔을 구입하기도 했다. 그녀는 가끔 우리와 함께 밥을 먹거나 대릉원을 걸었고, 우리의 첫 밤에는 직접 구운 바나나 케이크를 선물로 내오기도 했다. 산책단을 꾸려 경주를 오갈 때마다 나는 앞뒤로 2~3일씩 경주에 더 머물렀다. 그때마다 그녀는 내가 좋아하는 방을 아낌없이 내주었다. “남희씨한테 뭔가 줄 수 있는 게 있어서 참 좋아”라고 하면서. 창문을 열어놓고 뜰 안의 수레국화와 나비수국을 바라보며 책을 읽거나 글을 쓰면 평화가 물처럼 고였다. 아무것도 하지 않고 그저 흰 담장에 그림자를 만드는 햇빛의 움직임만 지켜보기도 했다. 비라도 내리는 날이면 방안 가득 빗소리가 들렸다. 바닥에 드러누워 빗소리에 귀를 열어놓고 있으면 다른 일이야 아무래도 좋았다.

그러다 밥때가 되면 그녀를 만나 웃으며 맛있는 음식을 나누고는 했다. 아, 이런 호사라니. 인생이 이렇게 사치스러워도 되나. "언니, 여기가 천국이네요"라고 하니 언니는 이렇게 말했다. "여가 집이다. 남희씨 집 아이가." 그녀 덕분에 경주는 내게 더 다정한 도시가 되었다.

또다른 초여름의 기억은 내 몸속 떨림에서 시작한다. 장마가 오기 전에 배낭을 꺼내 어딘가로 가야 할 것만 같은 초조함이 일렁였다. 안 되겠어, 캠핑을 가야겠어. 10년 동안 처박아둔 캠핑 장비를 꺼내야겠어. 막상 캠핑을 가야겠다고 마음먹으니 우리나라에서는 혼자서 캠핑을 해본 적이 없다는 사실이 떠올랐다. 막막했다. 어디로 가지? 혼자 백패킹도 괜찮을까. 방과후 산책단 캠핑 프로그램을 만들어 함께 가야겠다. 첫 캠핑이니 도움을 주실 분도 찾아야겠지. 그런 생각을 하다보니 강원도 인제의 반장님이 떠올랐다. 자주 뵙지는 못해도 오랫동안 알아온 분이었다. 15년 전에 산티아고에 관한 책을 쓸 때 반장님의 민박집에 머물며 신세를 지기도 했었다. 전화를 드리니 기꺼이 도와줄 테니 해보라고 하셨다. 반장님과 당일치기로 답사를 다녀온 날, 공지를 올렸다. 오토캠핑이 아니고, 짐을 들고 두 시간쯤 걸어야 하고, 화장실은 구덩이를 파고 사용해야 하는, 모든 게 불편한 캠핑에 갈 사람이 있느냐고. 30분도 안 되어 가겠다는 사람들이 찼다. 여덟 명으로 신청을 마감하고, 캠핑 준비를 시작했다. 캠핑 공지를 올린 이후 댓글이 올라올 때마다 내 속은 썩어들어갔다. "캠핑의 로망을 예순이 되어 실현하게 되다니 너무 행복해요." 아니, 그 로망은 가족과 함께 실현하시지 왜 여기서? "고등학교 이후 30년 만의 캠핑이라니 너무 설레요." 30년 만의 캠핑을 저랑 하신다니 너무하시네요. 장비도, 경험도 없는 그녀들과 캠핑을 갈 생각을 하니 아득했지만 다행히 내게는 반장님이 계셨다.

우리 캠핑장은 강원도 인제의 계곡이었다. 며칠 비가 쏟아지더니 그날은 구름 한 점 없이 화창했다. 40대 초반에서 예순까지 초롱초롱한 눈빛의 여자들이 양양 터미널에 모였다. 근처 식당에서 간단히 점심을 먹고, 짊어지고 간 음식을 나눠 졌다. 우리의 가이드이자 포터 반장님은 듬직하고 든든했지만 어딘가 폼이 엉성했다. 일행 중에는 던지면 펴지는 텐트를 가져온 분이 있었다. 그분의 그 커다란 원형 텐트와 내가 가져온 화장실 텐트를 배낭에 매단 덕분에 반장님은 좀 우스워졌다. 게다가 내가 부탁한 중국식 웍까지 배낭에 매달린 상태였다. "이 웍 때문에 스타일이 안 난다"며 반장님이 불만을 제기했지만 가볍게 무시하고 출발했다.

며칠 전에 내린 비로 계곡의 물이 잔뜩 불어 있었다. 바닥이 고스란히 비치는 투명한 물이 거세게 휘돌아나가고 있었다. 여름인데도 계곡의 물은 시리도록 차가웠다. 허벅지까지 차오른 물을 헤치고 계곡을 건넜다. 급류가 센 곳에서는 반장님이 버티고 서서 우리를 잡아주셨다. 옷이 젖는 것쯤이야 다들 아무렇지 않았다. 그녀들은 첫 캠핑을 누릴 기쁨만으로도 벅찬 상태였다. 길은 완만했지만 계속 계곡을 건너야 했다. 몇은 신발을 벗고 첨벙첨벙 물을 건넜고, 그 참에 아예 맨발로 산길을 걸었다. 과묵한 반장님은 가끔씩 멈춰 서서 서어나무나 화전민 터를 가리키며 이런저런 설명을 해주셨다. 당산나무 앞 제단에 멈춰서서 무사 귀환을 빌기도 했다. 천천히 두 시간을 걸으니 야영하기 맞춤한 터가 보였다. 아래로는 맑은 계곡물이 흘러가고, 주변은 나무가 무성했다. 넓으면서도 아늑한 느낌을 주는 곳이었다. 무엇보다 평일이어서 공터에는 우리뿐이었다. 캠핑에 승자가 있다면 그는 최고의 장비를 갖춘 사람이 아니다. 평일에 캠핑을 갈 수 있는 사람이야말로 승자. 그러니 우리의 캠핑은 시작부터 이미 최고일 수밖에. 짐을 내려놓고 텐트를 치기 시작했다. 9년 만에 텐트를 꺼낸 나는 그새 텐트 치는 법을 잊어버려 막내의 도움을 받아야 했다. "아니, 전문가 아니었어요? 텐트도 못 치다니 이거 뭔가 이상해." 이런 놀림을 받으면서.

반장님이 돌아다니며 텐트 치는 일을 도왔다. 대학 산악부 출신으로 히말라야 원정도 다녀온 베테랑 산악인은 순식간에 급수 시설이며 화장실 텐트 설치며 해먹 걸기며 모든 일을 마치고, 캠핑용 장작을 마련하기 시작했다. 그사이 누군가는 해먹에 누워 나뭇잎 사이로 비껴드는 햇살에 몸을 맡기고, 누군가는 계곡에 몸을 담그고 물놀이를 즐겼다. 또다른 이는 커피를 내리고, 반장님이 모아온 장작의 톱질을 시작했다. 모두가 자발적으로 일을 찾아 했다. 아무것도 계획하지 않아도 모든 게 자연스레 흘러갔다. 저녁식사는 닭갈비. 반장님이 스타일을 구기면서 들고 온 웍에 볶았다. 역시 반장님이 배낭에 넣어온 막걸리 두 병을 반주 삼아.

어둠이 내려 숲을 감쌌다. 먹으로 찍어 메꾼 듯 빈틈없는 어둠이었다. 젖은 장작에 부채질해가며 모닥불을 피웠다. 모닥불이 탁탁탁 튀어오르는 소리 너머 계곡의 물소리가 희미하게 들려왔다. 가만히 불을 바라보며 앉아 있는 시간. 삶에서 이토록 멍하니 앉아 있는 시간은 얼마나 귀하게 찾아오는지.

아침은 새소리로 시작되었다. 햇살이 나뭇가지 사이로 부드럽게 스며들었다. 커피를 끓이고, 어제 남은 밥을 볶고, 누룽지를 끓였다. 그후 서연님이 준비해온 세이지 스틱으로 스머징(몸과 영혼, 장소를 정화하는 인디언들의 의식)을 해주셨다. 세이지의 향과 연기가 우리 몸을 두르며 퍼져나가는 동안 함께 명상을 하며 아침을 열었다. 해먹에 누워 쇼팽의 피아노 연주를 들으며 명상하는 모습을 바라보는 것만으로도 좋았다. 우리는 천천히 짐을 싸고 캠핑장을 치웠다. 화장실 구덩이를 낙엽과 흙으로 덮었다. 작은 쓰레기 하나 남기지 않도록 샅샅이 살폈다. 다음에 이 자리에 오는 이들이 누군가 다녀갔다는 흔적조차 느끼지 못하도록. 캠핑의 마지막 순서는 계곡에서의 물놀이였다. 넓은 소에서 다 같이 물놀이를 즐겼다. 비명과 웃음이 물방울처럼 터졌다.

모든 순간이 그대로 저장하고 싶을 만큼 아름다웠다. 웃음과 다정함으로 가득한 시간이었다. 날씨도, 캠핑 장소도, 함께한 이들도 완벽했다. 너무 완벽해서 다음 캠핑이 걱정될 정도로. 언젠가 다시 이어질 '레이디 스카웃'을 꿈꾼 여름날이었다.

경주의 뜨거운 햇살 아래 서늘한 고요함을 누렸던 시간도, 인적 없는 계곡에 텐트를 치고 대지의 기운을 받으며 잠들고 깨어나던 시간도 여름 오후의 낮잠처럼 짧고도 달콤했다. 히어리 언니의 세심한 보살핌과 인제 반장님의 무뚝뚝한 돌봄이 있어 가능했던, 지난해 여름의 추억이다.

송년맞이 사은대잔치

바람이 창을 흔들어대는 추운 밤이었다. 문자가 왔다. 집 앞에 뭘 두고 갈 건데 쓰레기는 아니니 버리지 말라고. 문을 열고 나가니 그녀가 장갑도 끼지 않은 손으로 무거운 상자를 두 개나 들고 언덕을 오르고 있었다. 쿠팡맨도 아니면서 문 앞에 물건만 두고 돌아서려는 그녀를 붙잡아 안으로 들였다. 따뜻한 차 한잔을 마시며 몸이라도 녹이고 가라 했다. 그녀가 떠난 후 직접 쓴 손편지를 펼쳤다. 펜을 꾹꾹 눌러가며 쓴 석 장의 편지. 그 편지를 읽다가 마음이 물 먹은

한지처럼 풀어져 혼자서 하염없이 젖어들었다.

내가 은밀히 바랐던 일이 그녀의 편지 안에서 이뤄지고 있었다. 집이 없어도, 가족이 없어도, 저축이 없어도 삶을 누리며 충만하게 살 수 있다는 걸 내 삶으로 증명하고픈 마음이 있었는데…… 나보다 어린 친구들에게 그렇게까지 자기를 혹사하고 살지 않아도 된다는 걸, 시스템 안에서 버티는 것 말고도 다른 삶의 길이 있다는 걸, 삶이 위험으로만 가득한 건 아니라는 걸 내가 살아가는 모습으로 소리 없이 말하고 싶었는데, 그녀가 그걸 다 알아줬다. 자신의 거문고 소리를 알아준 종자기를 만났을 때, 백아도 이런 기분이었을까.

30대 초반의 그녀는 실적으로 모든 것이 말해지는 회사에 다니고 있었다. 스트레스가 심해 수면유도제 없이는 잠을 자지 못하는 친구였다. 언젠가 방과후 산책단에서 여행을 갔던 밤, 그녀는 그날 회사의 직원이 자살했다며 눈물을 흘리기도 했다. 모든 것이 만족스러운데 아무것도 만족스럽지 않은 삶을 살고 있다고, 이대로 살다가는 자신의 영혼이 죽겠구나 싶어서 방과후 산책단을 찾아왔다고 했다. 자신은 안전하다고 느낄 때만 환대할 수 있는 사람인데 방과후 산책단에서 만난 분들의 환대를 받으며 좀더 따뜻한 사람이 되어보고 싶어졌다고.

그녀는 결혼에 대한 생각이 없는데도 '정상 가족'을 일구고 살기를 강요받는 환경에서 혼자서 나이 들며 행복하게 살 수 있을지 두려워하며 흔들리고 있었다. 앞만 보고 달려온 삶에 숨이 막힌다고도 했다. 미래를 위해 현재를 저당 잡히며 살아오다보니 이제는 지금 여기에서 행복하고 아름답게 사는 법을 잊어버렸다면서. 작은 일에 기뻐하고, 사소한 것에도 감탄하는 모습, 자신을 소중히 여기며, 주어진 것들을 충만히 누리며 살아가는 내 삶의 태도가 부럽고, 닮고 싶다고 했다. 올해 자신에게 가장 긍정적인 영향을 끼친 사람이 나였다면서 그녀 나름의 시상식을 열어준 셈이었다(상품은 쿠바의 럼 아바나클럽과 딸기 2킬로그램이었다).

그녀가 돌아간 후, 나는 편지를 읽고 또 읽으며 2020년을 돌아봤다. 기적 같은 한 해였다. 은행빚을 내지 않고 건너왔다는 사실이, 사람들의 온기를 가장 뜨겁게 느낀 한 해였다는 사실이, 새로운 사람을 가장 많이 만난 한 해였다는 사실이. 그 모든 일이 방과후 산책단 덕분이었다. 5월에 방과후 산책단을 시작한 후 11월까지 20회를 진행했다. 서울 종로에서 시작한 산책이 그사이 경주, 양양, 인제, 제주, 고흥, 공주, 광릉 등 전국구로 뻗어나갔다.

나는 보기보다 낯을 심하게 가리고, 혼자 있기 좋아하는 사람이라 산책단을 꾸리는 일은 쉽지 않았다. 성격도 까칠이라서 20회나 산책단을 이어오리라고는 상상도 못했다. 그게 가능했던 건 산책단에 온 사람들 덕분이었다. 마치 전국의 선한 사람만 쏙쏙 뽑아놓기라도 한 듯 따뜻하고 호기심 가득한 분들만 오셨다. 처음 만나는 이들이 부드럽게 어울렸다. 사람이 모여 하는 일인데 사람으로 인해 받는 스트레스가 없다는 건 큰 선물이었다.

어떻게 이런 일이 가능했을까. 코로나로 해외여행이 불가능해져 국내 여행에 관심이 커진 영향도 있을 것이다. 여자들만의 여행을 조직한 것도 장점이지 않았을까. 긴장할 필요 없는 편안한 분위기가 되었을 테니까. 조금은 다른 여행을 추구한 방향도 맞았던 것 같다. 작은 소도시를 2박 3일 동안 머무르며 천천히 들여다보았다. 모여 앉아 시를 읽거나 도마나 면 냅킨 같은 것을 직접 만들어보면서 평소 하지 않던 일도 했다. 나는 정성을 다하고 싶었다. 준비하지 않아도 될 아침식사나 간식을 직접 만들어 가고는 했다. 숲이나 들판에서 차를 마실 때도 다구와 천을 준비해 가서 예쁘게 차려놓고 마셨다. 그 마음은 일방통행으로 남지 않았다. 서로를 챙기는 다정한 마음이 꼬리에 꼬리를 물고 이어졌다.

한 해의 끝에 서니 그냥 지나가기에는 고마운 마음이 컸다. 마침 연말이고 해서 '방과후 산책단 2020년 송년사은 대잔치'를 열었다. 분야별로 수상자를 뽑았다. '최다 참가상'은 일곱 번 참석한 분이 가져갔고, 오셔서 별말도 없이 가만히 계시는데 그 존재만으로 심신 안정에 탁월하게 기여하시는 분에게 '최고 조력상'을, 나에게 올해 가장 많은 택배를 보내주신 분께는 '최다 선물 증여상'을 드렸다. 철릭원피스부터 치앙마이 코스프레 바구니, 직접 구성한 두 달 치 면역력 증강 건강보조식품 세트, 요리 강좌 등등에 이르기까지, 잊을 만하면 날아오는 택배 상자였다. '조용한 뒷배상'은 나에게 한 달에 한 번 휴식을 주고 싶다며 우리집 열두 번의 숙박비를 보내주신 분께 드렸다. 캠핑할 때마다 장비를 대여해준 친구에게 '최다 장비 대여상'을, '베스트 드라이버상'과 '최고의 개그우먼상' '최연소 최다 참가상'도 뽑았다. 매번 시를 읽는 방과후 산책단인 만큼 '최고의 시' 부문도 빠질 수 없었다. 경주의 진평왕릉 앞에서 직접 써온 시 두 편을 읽어주신 분께 상을 드렸다. 시상식도, 드레스를 입고 파티도 열 수 없어 수상자는 페이스북에 공개했다. 수상자 열다섯 명에게 감사의 인사를 적어 작은 선물을 택배로 보냈다. 그대로 멈추기가 아쉬웠다. 나는 꽃시장에 가서 십수만 원어치의 소재를 사왔다. 꽃집에서처럼 큰 테이블 위에 양동이에 담은 소재들을 올려놓고 리스를 만들었다. 사흘 동안 열다섯 개의 리스를 만들어 고마웠던 사람들에게 보냈다. 그 외에도 방과후 산책단을 하며 신세를 진 분들께 작은 선물을 보냈다. 12월 한 달 동안 나는 마흔 명쯤에게 선물을 보냈던 것 같다. 선물을 준비하는 내내 행복했다. 이토록 어려운 시기에 무언가 나눌 수 있어 감사했다.

2020년은 많은 이들에게 심각한 재난 상황이었다. 나 역시 코로나로 인한 타격이 컸다. 처음에는 내 작은 세계가 완전히 타버린 줄 알았다. 아니었다. 한 해가 지난 후에 돌아보니 나는 새로운 세계를 만났을 뿐이었다. 다정한 마음이 주는 위로가 얼마나 큰지를 깨달은 한 해였다. 가족이 없는 내가 마음을 나눌 수 있는 이들이 이렇게 많다니 놀라웠다. 이런 삶을 가능하게 한 저커버그에게 연하장이라도 보내고 싶은 기분이었다. 작은 선물, 상냥한 인사 같은 온기에 기댄 한 해였다. 올 연말에는 더 많이 감사하고, 더 많이 나누고, 더 많은 선물을 보내야겠다.

육체성을 실감하는 날들

첩첩산중에서나 일어나는 일인 줄 알았다. 온수가 끊기다니. 세탁기가 멎다니. 아, 우리집은 산중턱에 있다고 봐야 하는 건가. 엄밀히 말하면 산밑 아니었나. 충격에 빠져 있을 여유도 없었다. 아래층의 온수가 나오지 않는다는 사실을 손님 체크인 세 시간 전에야 알게 됐으니. 위층에서 계속 온수를 쓰고 있었기 때문에 아래층에서도 당연히 나올 거라고 믿었다. 예약 손님께 급히 메시지를 보냈다. 내가 쓰는 2층 화장실을 사용하거나 숙박을 취소해야 한다고. 손님은 다음에 오겠다며 예약을 취소했다. 일단 한시름 놓았지만 언 배수관을 녹이는 일이 남았다.

영하 19도의 강추위가 며칠째 이어지던 중이었다. 내가 사는 동네는 북악산과 북한산 사이에 자리했다. 산이 가까워서인지 춥고 습했다. 게다가 우리집은 가파른 언덕 골목 끝에 있다. 주차장을 접한 1, 2층이 내가 사는 집, 3층과 4층이 주인집이었다. 땅에 면한 아래층과 위층의 온도 차이가 극심했다. 아래층은 장마철이 되면 제습기를 계속 돌려야 하고, 겨울이면 냉장고로 써도 될 만큼 싸늘했다. 한겨울이면 집에서 카디건을 껴입고 사는 데 웬만큼 익숙한 내가, 아래층이 얼까봐 며칠간 더울 정도로 보일러를 돌려대고 있었다. 위층의 온도가 25도에 이르러도 아래층은 여전히 추웠다. 그래도 계속 보일러의 온도를 맞춰두었기에 배수관이 얼 거라고는 예상치 못했다.

보일러 회사는 전화를 받지 않았다. 전국이 동파로 난리라 했다. 나는 전투태세를 갖추고 인터넷 검색에 돌입했다. 헤어드라이어로 배수관을 녹이는 방법부터 나왔다. 보일러 앞에서 헤어드라이어로 더운 바람을 불어넣으며 한 시간을 서 있었지만 실패. 두번째는 후배 윤정이가 보내준 동영상에 나온 방법을 따라했다. 배수관을 타월로 감싸고 그 위로 뜨거운 물을 흘려넣는 식이었다. 윤정이는 5분 만에 녹였다고 했다. 수건을 빨아가며 몇 번을 시도했지만 또 실패. 결국 다음날 보일러 설치 업체에 전화를 했다. 건장한 남자 두 명이 해빙기를 들고 왔다. 겁쟁이인 나는 수리비부터 물어봤다. "걸리는 시간에 따라 다른데 보통 20~30만 원은 나와요." "날이 풀리면 저절로 녹지 않나요?" "녹을 수 있죠. 문제는 그동안 팽창한 배수관이 터질 수도 있다는 거죠. 언제 녹을지 모르는 것도 문제고요. 어떻게, 녹이실 건가요?" 파리해지는 내 안색을 눈치챈 건지, 사장으로 보이는 남자가 물었다. "녹여야죠. 해주세요." 새해부터 예상도 못한 지출이 무서웠지만 어쩔 수 없었다. 두 남자가 아래위층을 오가며 두 시간을 끙끙댄 끝에 아래층에 온수가 나오기 시작했다. 수리비는 25만 원. "이 동네는 엄청 추운 동네예요. 날 추워지면 온수를 조금씩 틀어놓으세요"라는 말을 끝으로 두 남자는 계속 울리던 전화에 응대하며 사라졌다.

장마가 유난히도 길었던 지난여름에는 아래층 전체가 눅눅했다. 매일 제습기를 돌렸는데도 습도는 늘 80퍼센트를 웃돌았다. 장마가 끝날 무렵에야 내가 제습기를 잘못 돌렸다는 사실을 알게 되었다. 창을 열면 비 내리는 바깥의 습기가 들어온다는 생각은 하지도 못하고, 집 안의 눅눅한 공기를 몰아내겠다고 창을 열어놓고 제습기를 돌려댔다. 옷장 문도 다 열어두고 제습기를 옮겨가며 돌려야 한다는 생각도 못했다. 그러니 옷과 이불에 곰팡이가 슬 수밖에. 연중 최고 기온과 최저 기온의 차이가 극심한 나라에서 단독주택에 사는 일은 이렇게 고단하다.

게다가 우리집은 고지대. 버스정거장에서 가파른 언덕을 6분 정도 걸어올라와야 한다. 처음 이사올 때만 해도 이까짓 거라고 생각했다. 내 허벅지를 과신했던 셈이다. 무거운 짐을 든 날이면 고도 4200미터의 안나푸르나 베이스캠프로 오르는 기분이 든다. 중간에 자리한 벤치에서 숨을 골라야 한다. 그야말로 허벅지 운동이 절로 되는 골목이다. 여행에서 돌아올 때면 트렁크를 끌고서는 절대 올라올 수 없는 경사다. 이 집에서 에어비앤비를 하겠다고 했을 때 다들 나를 안쓰럽다는 눈으로 바라봤다. 참 현실감각 없다고, 이런 곳에 누가 오겠느냐고. 눈이라도 내리면 낭만보다는 골목을 오갈 일을 걱정해야 한다. 그래도 눈이 내리기 시작하면 동네 사람들이 부지런히 골목을 쓰는 덕분에 길이 언 적은 없다. 덕분에 최악은 늘 면한다.

이런저런 불편함이 만만치 않은데도 나는 이 집을 떠날 생각이 없다. 전세금을 감당할 수만 있다면 10년쯤 머무르고 싶다. 산중턱에 사는 고단함보다 큰 기쁨이 있기 때문이다. 우선은 고요함이다. 내가 가장 견디기 힘든 소음은 차 소리다. 부암동에서 나는 도로가 가까운 집에 살았다. 창을 열면 언덕을 오르는 버스의 소음이 고스란히 밀려들었다. 여름이면 북악 스카이웨이를 오가는 오토바이 폭주족의 소음에 잠을 설치기 일쑤였다. 그런데도 10년을 살았다. 옥상에 텃밭이 있어서. 이사를 하면서는 무조건 차 소리가 들리지 않는 곳이어야 했다. 여름에도 마음껏 창을 열어둘 수 있는 그런 집. 다행히 이 집은 골목 끝에 위치한 덕분에 차 소리가 들리지 않는다. 골목이 가파르고 집이 많지 않아 택배 차량 말고는 오가는 차도 없다. 낮에 집에서 일하고 있으면 사위가 조용하다. 이 집에서는 내 마음만 고요하다면 세상이 다 고요하다. 비가 내리면 빗소리가 고스란히 차오른다. 바람이 불면 바람소리가 귓전을 울린다. 초여름이면 뻐꾹새가 울기 시작하고, 딱따구리가 나무를 쪼는 소리도 들려온다. 소음에 예민한 내가 이 집에 이사온 후 깨지 않고 잘 잔다. 번잡한 시내에서 볼일을 보고 돌아오는 길, 골목으로 접어들어 키 큰 나무들이 보이면 마음이 차분해진다. 아, 집에 왔구나. 평화롭고 아늑한 장소로 돌아왔구나. 안심이 된다.

지난겨울에는 함박눈이 자주 내렸다. 눈이 내리기 시작하면 커튼을 열고 눈 내리는 모습을 하염없이 바라보곤 했다. 이 동네에서는 계절의 변화를 예민하게 알아차릴 수 있다. 창밖으로 보이는 하늘과 북한산 봉우리, 집에서 가까운 숲 덕분이다. 집에서 100미터쯤 떨어진 숲은 내 마음의 산소호흡기다. 마음이 자글자글 끓다가도 숲에만 들어서면 평온해진다. 멧돼지가 사는 숲에서는 사냥총을 든 남자들과 마주치기도 한다. 숲에 자리한 절간에서는 늦가을이면 낙엽을 모아 태우느라 구수한 냄새가 번진다.

내가 제일 좋아하는 일은 집에서 나와 숲을 가로질러 부암동을 지나 광화문까지 가는 일이다. 단골 카페에 원두를 사러, 단골 빵집에 바게트나 캉파뉴를 사러 걸어간다. 숲의 청량한 공기를 마시며 걷다가 부암동 언덕의 고즈넉한 주택가를 지나 인왕산 자락길로 들어선다. 흔들다리를 건너 오르락내리락 걷다가 수성동 계곡으로 내려선다. 한 시간 조금 넘게 걸리는 이 길을 걸어갈 때면 내가 깊은 산골에라도 사는 듯 착각을 한다. 나는 지금 읍내로 나가는 길이라고, 읍내에는 화려하고 멋진 곳, 맛있는 것도 많지만 가끔 나가야 좋다고, 그런 실없는 생각도 하면서.

삶을 안락하게 만들어주는 수많은 도구에 둘러싸여 살아가는 세상에서 불편을 감수하며 살아가는 삶은 기대하지 않은 성취감을 주기도 한다. 가파른 길을 오를 때마다 허벅지 근육이 팽팽히 당긴다. 도시에서 살아가는 내가 하루에 두 번은 허벅지의 힘에 의지해야 한다. 내 몸의 육체성을 매일 실감한다. 몸을 움직이니 마음은 오히려 평화로워진다. 모든 것이 지나치게 풍족하고 편리한 삶이 과하다고 느껴질 때면 절제와 불편을 찾아나서고 싶어진다. 그렇게 약간의 불편함을 감수할 때 따라오는 만족감과 평화를 아는 이들이 우리집에 손님으로 찾아오는 것이겠지.

어쩌면 다음에 이사할 땐 더 높은 곳에 있는 집으로 가게 될지도 모르겠다. 더 조용하고, 산이 더 가까운 곳으로. 이제는 온수가 끊겨도 어디를 어떻게 녹여야 하는지 알았으니 한파도 덜 두려울 것이다.

야생의 위로

해 질 무렵이면 옷깃을 여미고 집을 나섰다. 현관문을 닫고 150걸음을 디디면 숲 입구였다. 늘어진 바다사자의 등처럼 완만하게 퍼진 숲이었다. 깊지는 않지만 제법 길었다. 집 뒤의 이 숲이 내게는 치료제였다. 지난해 봄, 하루도 빠짐없이 찾아간 숲이 없었다면 나는 심한 우울감에 빠졌을지도 모른다. 그 무렵 하루에 몇 장씩 천천히 읽던 책이 있었다. 동식물학자 에마 미첼이 써내려간 자연 관찰 기록 『야생의 위로』. 계절성 정서장애를 앓는 저자의 책은 우울증 치료

제처럼 내 마음을 안정시켰다. "인생의 절반이 넘는 시간에 걸쳐 삶을 온전히 누릴 능력을 빼앗아간" 병과 싸워온 사람이었다. 삶을 가장 무기력하게 만드는 병을 끌어안고서도 끝내 삶을 포기하지 않은 사람에게는 담담한 체념이 주는 위로가 있었다.

그녀가 걷는 영국의 숲과 내가 찾아가는 서울의 숲은 비슷했다. 무수한 생명이 저마다 기운을 힘껏 뻗으며 자신의 생을 살아내는 곳이라는 점에서. 그녀 덕분에 자주 책을 덮고 구글에서 나이팅게일과 쏙독새의 울음소리를 찾아 듣거나 댕기물떼새나 찌르레기 떼의 비행을 들여다봤다. 내가 걷는 숲에서 만날 수 없는 스노드롭이나 블루벨, 꿀벌난초와 타래난초의 사진을 저장해놓기도 했다. 숲에 깃든 생명의 이름을 하나하나 불러주는 그녀에 비해 아는 이름 몇 개 없는 나는 그저 꽃이구나, 새구나, 빈약한 감탄사만 던질 뿐이었다. 그래도 종종 걸음이 느려지곤 했다. 키 낮은 제비꽃이나 앵초를 보기 위해, 크낙새나 박새의 울음소리를 듣기 위해. 겨울의 기운이 여전히 강렬한 숲에서 스노드롭을 발견했을 때 그녀가 느꼈을 안도감은 내가 지난 3월 어둑하고 메마른 숲을 혼자서 밝히던 진달래에게 받았던 위안과 비슷했을까.

불안과 우울 속에 써내려간 책이 주는 기묘한 위안과 평화를 어떻게 설명할 수 있을까. 이런 병이 내 것이 아니라 다행이라는 값싼 안도감이 아니다. 생명을 지닌 모든 존재가 살기 위해 벌이는 매일의 투쟁이 얼마나 무거운지를, 그 안에 얼마나 깨끗한 아름다움이 담겼는지를 그녀는 자신의 삶으로 증명한다. 약하고 무용하며 쓸모없어 보이는 것들이 주는 깊은 위로를 그녀는 매일 산책하며 만나는 꽃과 나무와 새와 나비와 풀벌레를 통해 투명하게 드러냈다.

코로나바이러스가 세상을 멈췄던 지난해 3월, 거리에는 인적도 드물었다. 겨울 풍경이 그대로 남은 거리는 삭막했다. 마주치는 이들은 모두 마스크를 쓰고 있었지만 얼굴에는 어떤 희망의 기운이 깃들어 있었다. 이 상황이 이토록 오래 이어질지 모르던 때였기에. 나는 매일 마스크를 쓰고 숲으로 갔다. 동네 주민들의 산책로 같은 곳이니 야생과 거리가 멀다고도 할 수 있는 숲이다. 하지만 위축된 기분을 전환하기에는 충분한 자연이다. 3월 초 숲에서는 그 어떤 생기도 느껴지지 않았다. 나뭇가지는 텅 비어 있었고, 새순도 보이지 않았다. 숲에서 생명의 기운이 느껴지기 시작한 건 진달래가 피기 시작하면서부터였다. 희끗희끗한 진달래가 무채색 숲에 생기를 불어넣었다. 희미한 기운이었다. 종잇장보다 얇은 꽃잎 사이로 저무는 햇살이 비쳐들 때면 걸음이 절로 멈췄다. 해마다 봄이 되면 진달래 꽃잎을 따 와 친구들과 서툰 화전을 부치곤 했다. 나는 매일 그 흐릿하고 희미한 분홍빛이 꺼질까 불안하고 조급한 마음을 안고 숲으로 향했다. 섬세하고 여리면서도 강인하며 끈질긴 세계가 그 안에 있었다. 진달래가 질 무렵, 거의 모든 나무에 새순이 돋기 시작했다. 연둣빛 새순이 조금씩 번져가더니 마침내 폭발하듯 초록이 무성해지는 건 순식간이었다. 어제의 꽃이 지고, 오늘의 새 꽃이 피고, 마른 가지에 새순이 돋는 변화가 너무 빨라 어지러울 지경이었다. 하루라도 산책을 거르면 봄이라는 퍼즐의 큰 조각을 놓칠 것 같았다. 그 고요하고 격정적인 변화를 혼자 지켜보다보면 어떤 의지가 내 안의 심연을 뚫고 솟아나고는 했다. 텅 빈 가슴으로 집을 나서 돌아오는 길에는 신선한 기운이 폐와 심장과 뇌에 가득 차올랐다. 숲 가까이 살아서 정말 다행이야. 걸을 수 있는 여유가 있으니 얼마나 운이 좋아. 이런 말을 매일 중얼거렸다.

한동안 진달래와 산수유가 주연을 맡았던 자리에 산벚꽃이 흐드러지더니 귀룽나무와 고광나무가 절정을 맞았다. 아기 손같이 하얗고 작은 꽃을 그네줄처럼 매단 귀룽나무 앞을 지나갈 때면 미소가 절로 지어졌다. 귀룽나무에서 50미터쯤 떨어진 곳에서 자엽꽃자두나무를 발견한 날, 나는 흥분했다. 자엽꽃자두꽃은 『야생의 위로』에 자주 등장한 꽃이다. 내가 매일 오가던 길목의 키 큰 나무가 어느 날 빈 가지에 팥처럼 붉은 잎을 피워내기 시작했다. 며칠 후 붉은 잎 사이로 흰색 꽃이 피어나 자엽꽃자두라는 걸 알던 날, 나는 대서양을 가로질러 미첼과 곧장 연결되는 기분이 들었다. 봄의 숲을 걷는 동안 나는 종종 그녀를 떠올렸다. 뛰는 심장마다 슬픔을 품고 하루하루를 견디는 수많은 그녀들을 상상했다. 제각기 다른 숲을 걸으며 저마다의 위안을 찾기 위해 애쓰고 있을 그녀들을.

고광나무 흰 꽃이 지고 나니 팥배나무 흰 꽃이 피었고, 때죽나무꽃이 숲을 수놓을 무렵에는 봄이 계절의 모퉁이를 돌고 있었다. 봄의 숲에서는 그저 살아 있는 것만으로 충분했다. 봄의 숲은 쓰러질 틈 같은 건 주지 않았다. 하루하루 뻗어나가는 그 충만한 생명력에 나도 기대었다. 살아내는 것, 그것만으로도 나는 가장 힘겹고 중요한 의무를 다 하는 거라고 그렇게 믿으면서.

우주피스

공화국

젊은 날에는 꿈을 꾸었다. 어떤 이념에도 얽매이지 않는 자유로운 영혼이고 싶다는, 마지막 순간까지 순진무구한 이상주의자로 살고 싶다는 꿈을. 하지만 바짓자락이 닳도록 돌아다녀도 지상에 유토피아는 없었다. 유토피아를 꿈꾸던 이들의 상처 가득한 흔적만 남아 있을 뿐. 그사이 세파에 찌들어 인간은 유토피아를 건설할 수 없다고 믿기 시작하면서 내 청춘은 지나갔다. 애꿎은 원망은 존 레넌에게로 향한다. 어쩌자고 〈이매진〉 같은 명곡을 써서 들을 때마다 울컥하게 만드는 거냐고. 이 노래를 들을 때만큼은 베이킹소다라도 듬뿍 뿌려 나의 얼룩진 영혼을 닦아내고만 싶어진다. 하지만 국가도, 종교도, 전쟁도 없이 살아가는 땅을 여전히 찾아 헤매지 않느냐고, 탐욕과 굶주림도 없고 오직 인류애만으로 모든 것을 공유하는 곳을 아직도 그리지 않느냐고 누가 묻는다면? 유토피아까지는 아니어도 재미있는 상상력이 발현된 곳은 만난 적이 있다.

리투아니아의 수도 빌뉴스에 있는 초소형 독립공화국 우주피스가 그런 곳이었다. 리투아니아어로 '강 건너편'이라는 이름처럼, 빌넬레강 너머에 자리한 예술인 공동체다. 1997년 4월 1일에 만우절 농담처럼 우주피스는 독립을 선포했다. 우주피스에는 계절마다 색이 바뀌는 네 개의 국기와 국가, 고유의 헌법과 화폐가 있다. 대통령이 있고 내각이 수립돼 있으며, 물론 군대도 있다. 열두 명의 군인은 어린이와 청소년이다. 600명이나 되는 대사들도 활약중인데 대표하는 분야가 좀 이상하다. 고양이 대사, 개 대사, 바람 대사 등등이니. 현재 공화국 대통령은 로마스 릴레이키스로 시인이자 음악가, 영화감독이다. 대통령 스펙이 이 정도라면 말 다하지 않았나.

오랫동안 유대인이 모여 살던 이곳은 유대인 대부분이 나치에게 학살당한 후 버려진 땅이 되었다. 폐허가 된 동네를 찾아온 이들은 삶의 벼랑 끝으로 내몰린 이들이었다. 몸을 파는 여자와 집 없는 남자와 약에 중독된 청춘 남녀가 수도와 전기가 끊긴 집들을 차지했다. 리투아니아가 소련으로부터 독립한 1991년 무렵, 이곳은 빌뉴스에서 가장 위험한 지역에 이름을 올렸다. 평범한 이들이 발길을 끊은 곳에 패기 넘치는 이들이 둥지를 틀기 시작했다. 잃을 것 없어 두려울 것도 없는 가난한 예술가들이었다. 대부분 글을 쓰거나 그림을 그리거나 음악을 했다(7000명 남짓한 주민 중 1000명이 자신의 직업을 예술가라고 밝힌다). 그들이 주축이 되어 우주피스 공화국을 선포하고 20년이 지난 지금, 우주피스는 리투아니아의 청년들이 가장 살고 싶어하는 지역이 되었다. 예술가와 보헤미안의 아지트가 되어 정기적인 패션 축제, 시의 밤, 음악 콘서트와 전시회가 1년 내내 열리는 인기 지역으로 떠올랐다.

우주피스의 정신을 대표하는 한 가지를 꼽는다면 헌법이다. 41개 조항으로 이뤄진 헌법은 우주피스의 고갱이. 1998년의 어느 여름밤, 개를 사랑하는 시민(현 우주피스 대통령)과 고양이를 사랑하는 시민(현 외무장관)이 함께 만들었단다. 아마도 맥주 몇 병을 비우는 사이에 떠들썩하게 만들어낸 헌법이 아닐까. 내가 이 공화국의 시민 자격을 갖추었을지 매의 눈으로 살폈다.

제1조. 모든 국민은 빌넬레 강변에 살 권리가 있고, 빌넬레강은 국민 곁에 흐를 권리가 있다.

제5조. 누구나 개성적일 권리가 있다.

제8조. 누구나 익명의 보통의 존재가 될 권리가 있다.

제10조. 모든 국민은 고양이를 사랑하고 돌볼 권리가 있다.

제11조. 모든 국민은 어느 한쪽이 죽을 때까지 개를 돌볼 권리가 있다.

제13조. 고양이는 집사를 사랑할 의무는 없으나 필요한 경우 집사에게 협조해야 한다.

제20조. 누구도 폭력을 사용할 권리가 없다.

제32조. 모든 국민은 그들의 자유에 대한 책임이 있다.

조항 하나하나가 심장을 저격한다. 당장 공화국 시민이 되고 싶었다. 이곳에 거주하는 이들은 '행복할 권리' 못지 않게 '행복하지 않을 권리'가 있다. '사랑할 권리'와 더불어 '사랑받지 않을 권리'도 주어진다. '침묵할 권리'가 인정되고 '울 수 있는 권리'와 '두려워하지 않을 권리'가 받아들여지지만 '권리를 거부할 권리'와 '가끔은 의무를 자각하지 않을 권리' 역시 부여된다. 모든 것을 '의심할 권리'도 있으며 '실수할 권리'와 '게으를 권리'도 누릴 수 있다. 이 대목에서 내 가슴이 짜릿해졌다. 나야말로 이 공화국에 어울리는 시민이라는 확신과 함께. 내 인생은 온갖 실수와 게으름의 환상적인 컬래버레이션에 다름 아니니.

우주피스 공화국의 국가 이념은 헌법 마지막 부분인 39조부터 41조까지에 명시되어 있다. "싸우지 않고, 이기지 않고, 항복하지 않는다." 이게 말이 되냐 싶은 사람은 공화국 시민이 될 자격이 없다. 우주피스가 나를 흔든 건 바로 이 조항에 깃든 "있는 그대로의 나와 당신"을 인정하는 태도다. 서로의 다름을 인정하고 받아들이지 못한다면 〈이매진〉의 유토피아는 만우절 헛소리에 불과할 테니. 이곳에서 산다면 누구의 눈치도 보지 않고 내 멋대로 사는 삶이 보장될 것 같았다. 그 무엇도 아닌 나 자신으로 끝까지 남을 수 있을 것 같아 가슴이 뛰었다. 이 공화국이 법률적 효력을 갖고 실재하는 공화국인지 심각하게 따지지 말자. 촌스러울 뿐이니. 우주피스 공화국 자체를 예술작품으로 즐기는 자세면 충분하지 않을까.

내가 공화국을 선포한다면 나는 어떤 헌법을 만들까? 내 헌법 1조는 누구도 혐오할 권리가 없음을 선언하는 것에서 시작한다. 코로나가 닥치기 전까지 광화문을 오갈 때면 일상적으로 혐오의 표현을 들어야만 했다. 한계도 없는 극심한 혐오 표현을 눈으로 보거나 귀로 들을 때면 오염수라도 마시는 것처럼 불쾌했다. 혐오가 일상화된 사회일수록 일상의 스트레스도 더 높아지는 게 아닐까. 서로가 서로를 혐오하는 표현을 쉽게 내뱉는 사회가 건강할 리 없다. 누구의 삶도 함부로 증오와 혐오의 대상이 될 수 없다.

꿈을 갖지 않을 권리도 명시할까. 꿈 없이도 인간은 얼마든지 살아가는 존재니까. 꿈을 찾느라 스스로를 너무 소진하지 말라고 해보자. 어린이를 차별하거나 배제하지 않을 권리도 명시하고 싶다. 나는 아이가 없지만 노키즈존이라고 적힌 카페를 볼 때마다 서글퍼진다. 길고 고통스러울지라도 사회적 합의의 과정을 거치지 않고 일방적으로 약자를 배제하는 방식은 반대하기 때문이다. 결혼 여부나 자식의 유무를 이유로 은행 대출이나 주택 구입에 차별받지 않을 권리도 넣고 싶다.

아, 무엇보다 할일 없이 삶을 낭비할 권리도 넣고 싶다. 10년 전 부에노스아이레스의 숙소에서 한국인 자매를 만났다. 그곳에 석 달째 머무르면서 구슬을 꿴다고 했다. 그들은 하루종일 외출도 하지 않고, 탱고도 보러 가지 않고, 그저 구슬만 꿰고 있었다. 그때는 그들을 이해하지 못했다. 왜 여기까지 와서 구슬을 꿰고 있는지 의문스럽기만 했다. 하지만 누구에게나 저마다의 방식으로 통과해야만 하는 어떤 시기가 있고, 그 통과의 방식이 쉽게 공감받기 힘들 수도 있음을 알게 되었다. 그들은 구슬을 꿰며 시간을 소진해야 하는 어떤 시기를 통과하고 있었다. '여기까지 와서 뭐 하는 거야. 집에 있겠다, 이럴 거면. 한 번뿐인 인생을 저렇게 낭비하고 싶을까?' 타인의 이런 시선 따위와는 상관없이. 그러니 빈둥거리고 인생을 탕진할 권리도 헌법에 명시해야겠다.

타인의 개성을 존중할 권리도 당연히 만들어야지. 말로는 개성을 존중하자 하지만 우리 사회는 여전히 튀는 사람을 곱게 보지 않는 것 같다. 멀리 갈 것도 없이 나부터 달라져야 할 문제다. 어쩌다 산책길에 Y존이 그대로 드러나는 레깅스 차림의 여성, 짙은 눈화장을 한 남성과 마주치면 흠칫 놀라 혼자 민망해한다. 남에게 피해를 끼치지 않는 한 타인의 개성을 존중하자는 조항은 바로 나를 위한 다짐이다.

우주피스까지 갈 수 없는 날들이다. 지도에도 표시되지 않는 초미니 공화국. 무엇이든 될 수 있고, 아무것도 되지 않아도 괜찮은 곳을 상상해본다. 저마다 헌법을 만들고, 그 헌법에 대해 이야기하는 작은 모임을 꾸려보는 것도 재미있을 것 같다. 여럿이 꾸는 꿈은 현실이 될 가능성이 높으니까.

3부

연대와 온기

돈 빌리는 마음

한 달의 여행을 마치고 집에 돌아온 날이었다. 코로나 바이러스가 창궐하던 작년 2월 마지막날이었다. 그날 밤, 문자가 왔다. 마지막까지 취소를 미루던 강연이 결국 취소되었다는 내용이었다. 이로써 3월 예정이었던 강연은 전부 취소되었다. 통장은 '텅장'이 되었다. 남아 있던 돈을 털어 여행을 다녀왔고, 봄부터는 강연으로 생활비를 벌어 살아갈 예정이었다. 프리랜서는 일이 없을 때를 대비해 최소 6개월은 버틸 수 있는 현금이 있어야 한다는데 내게는 먼 이야기였다.

그래도 메르스 때 속절없이 몇 달을 견디며 단련된 면이 있다면, 이런 상황에 제법 담담해졌다는 정도. 걱정해봤자 일어날 일은 결국 일어난다. 어지간해서는 사람이 산 입에 거미줄 치는 일은 없다. 그걸 몸으로 한번 겪으니 그리 크게 걱정되지는 않았다. 무엇보다 내게는 믿는 구석이 있었다.

당장은 Y의 '후렌즈론'부터 생각났다. 후배 Y는 소액 대출을 무이자로 해준다. 못 받아도 어쩔 수 없다고 넘길 수 있는 정도의 돈을 '후렌즈론'이라 칭하며 빌려준다. 메르스 때 은행 대출을 받으려던 나에게 자신의 후렌즈론을 알려주던 친구였다. 후렌즈론을 빌려 잘 쓰고 두 달 후에 갚았다. Y 말고도 내게는 기꺼이 돈을 빌려주겠다는 이들이 있다. 일흔을 넘긴 S 선배님도 1000만 원 정도는 필요하면 언제든 말하라 하시더니 메르스로 수입이 끊겼던 시기에 기꺼이 빌려주셨다. 런던에 사는 친구 H도 몇 해 전 부탁도 하기 전에 모자란 전세 자금을 빌려줬다. "이자는 언니가 해주는 집밥으로 내"라고 하면서. 내 든든한 백이 되어주는 M 선배님도 늘 "지난번에 맡겨둔 그거, 좀 찾고 싶어요"라고만 하면 된다며 뒷배를 장담하곤 하셨다.

지인이나 친구에게 돈을 빌려본 적 있는 사람은 알 것

이다. 그 돈을 갚기까지 내내 가슴에 맷돌을 얹고 사는 기분이 된다는 사실을. 빌려준 쪽은 천천히 갚으라 말하지만 빌린 쪽은 그 돈을 갚기까지 잠자리가 따끔따끔하다. 갑자기 연락하는 일도 신경이 쓰인다. 너무 자주 하면 혹시 돈이 더 필요한가 오해하지는 않을까. 연락이 뜸하면 뜸한 대로 서운해하지 않을까. 소심한 A형인 나는 그 사이를 왔다갔다 전전긍긍하게 된다. 아무렇지 않은 척하지만 오만 가지 생각이 쏟아진다. 부끄러워하다가 자기합리화를 하다가 자괴감에 빠졌다가…… 마음이 널을 뛴다. 그래서 약속했던 기한보다 빠르게 갚으려 애쓰게 된다. 내가 빚을 지고 있는 한 그 사람과의 관계에 오해가 들어서기도 쉬우니까. 가족끼리도 돈거래는 하지 않는 게 좋다고 하고, 보증섰다가 곤란을 겪는다는 이야기가 심심찮게 들려온다. 그런데 이 사람은 뭘 믿고 나에게 돈을 빌려주나. 그 마음이 고마우면서도 부담스럽다. 그건 그들이 돈이 많아서가 아니다. 그 돈이 얼마나 절실한지를 알고 있기 때문일 거다. 자신의 소중한 이가 돈 때문에 상처받는 일이 없도록 먼저 손을 내민다. 그 손을 잡은 나는 무너질 수 없다고 다짐한다.

이 나이에 몇백만 원도 없어서 주변의 도움을 받다니

부끄럽기도 하다. 누군가는 실눈 뜨고 볼 수도 있다. 어쩌면 나는 분명 폐 끼치는 인간이다. 하지만 인간이란 결국 태어나서 죽는 순간까지 다른 존재에게 폐를 끼치며 살아가는 운명이 아닐까. 태어나는 순간부터 엄마라는 한 여성의 삶에 철저히 기대고, 성인이 되어서도 타인의 도움 없이는 살아가지 못한다. 지나쳐서 타인을 곤란하게 만드는 게 아니라면, 필요한 시기에 적절한 도움을 주고받으며 살아가는 것, 그게 삶 아닐까. 서로 폐를 끼치기도 하고, 서로 돕기도 하면서. 그러니 나는 이렇게 받은 도움을 언젠가 또다른 이에게 꼭 전해주리라, 이렇게 생각하며 가라앉던 마음을 애써 끌어올리곤 한다.

지난해 봄, Y에게 후렌즈론을 신청할까, 예술인복지재단에 대출 신청을 할까 고민하던 중이었다. L 박사님이 전화를 걸어오셨다. 가까이 지내는 M 선배님의 지인이신데 알게 된 지는 1년도 채 되지 않았다. 같은 동네에 살고 있어서 박사님 댁에서 가끔 몇 명이 영화 모임을 하고는 했다. 북한산과 인왕산이 두루 보이는 박사님의 집에 반해 내가 메디치 대공님이라 부르던 분이었다. "내가 명색이 대공인데…… 남희씨한테 ○○동 작가 지원금을 좀 내고 싶어서……"로 운을 떼셨다. 그 첫마디만으로 눈물이 났다. 거짓말처럼 기운이 솟았다. 깊은 감사와 완곡한 거절을 표했다. 전화를 끊은 후 내 마음을 다 표현하지 못한 것 같아 메시지를 보냈다.

제가 감당하기 어려울 정도로 다정한 전화를 받고 주책없이 울컥해서 울어버렸어요. 전화를 끊고 나서도 한동안 먹먹한 마음으로 앉아 있었고요. 제가 얼마나 감사한지, 얼마나 든든한지, 얼마나 기쁜지 박사님은 짐작도 못하시겠죠. 언덕 위의 메디치 대공님이 곳간을 열어 춘궁기의 영주민을 직접 보살피시겠다니 얼마나 놀라운 소식인가요. 발바닥이 5센티미터쯤 허공으로 떠오른 것 같아요. ○○동 작가 지원금. 솔직히 흔들리지 않았다면 거짓말이에요. 하지만 아직은 더 버틸 수 있을 것 같아요. 우선 예술인 등록을 해서 긴급 대출을 신청해보려고요. 아무튼 혼자가 아니라는 것, 다정하게 돌봐주시는 분이 곁에 계시다는 것, 그것도 그런 분이 한동네 이웃이라는 사실이 얼마나 힘이 되고 감사한지 몰라요.

박사님도 내게 장문의 메시지를 보내오셨다.

제가 살아오면서 참으로 많은 사람의 도움으로 여기까지 왔어요. 특히 가난한 유학생 시절, 가족과 다니던 미국 성당의 본당신부와 교우 한 분이 돈을 빌려줘서 박사논문을 마칠 수 있었어요. 아이들이 아플 때 무료로 봐준 의사분들도 계셨고요. 또 은퇴한 어떤 기업인이 미네소타대학원 석사과정 강사로 왔는데 제가 조교를 했지요. 제 형편을 알고는 냉장고를 사서 집으로 보내준 적도 있어요. 그 외에도 수없이 많은 이들이 제가 알게 모르게 도와준 덕에 후진국 흙수저 출신이 지금같이 될 수 있었어요. 저는 대공은 아니지만 그래도 조금 여유가 있으니 작가님과 나누려는 것이에요. 작가님은 글을 통해서 이미 저와 수많은 사람에게 나누는 삶을 살고 계십니다! 대출 신청도 물론 하세요. 그러나 그건 또 갚아야 할 돈이지요. 우선은 저의 작가 지원금을 받아주세요.

혼자 살아가지만 혼자가 아님을 다시 확인한 날이었다. 나중에 알고 보니 박사님의 지원금을 받은 사람은 나뿐이 아니었다. 내가 속한 모임에서만 서너 명이 받았다고 했다. 이 돈과 잡지 원고료와 출판사에서 당겨서 보내준 인세로 3월은 겨우 넘어가겠구나, 안심하다가 문득 떠올랐다. 나 같은 사람이 이만큼 어려워진 시기에 더 위태롭게 버티고 있을 사람들이. 후원해주신 분도 분명 기뻐하실 거라 멋대로 믿어버리고 유엔난민기구에 여성 난민을 위해 써달라고 10만 원을 보냈다. 편안한 마음으로 책을 잡으려니 이번에는 내 나라 아이들이 마음에 걸렸다. 결국 세이브더칠드런에 저소득 조부모 가정 아이들을 위해 써달라고 10만 원을 더 보냈다. 휴, 여기까지. 이 이상은 무리야. 매달 소액 후원하는 곳들도 있으니 이걸로 충분해. 스스로를 설득하고 인터넷뱅킹을 마쳤다. 남의 돈으로 좋은 일을 하고 생색은 내가 다 내면서. 물론 현실은 그렇게 우아하게 끝나지 않았다. 그날 밤, 세이브더칠드런에서 문자가 날아왔다. "정기후원 회원이 되어주셔서 감사합니다." 다음날 눈뜨자마자 전화를 걸었다. "저, 죄송한데요. 제가 일시 후원을 정기 후원으로 잘못 눌렀거든요. 일시로 돌려주실 수 있을까요?"

나는 착한 사람이 아니다. 나에게는 내 행복이 무엇보다 중요하다. 다만, 이기적인 내가 편안하게 살아가기 위해선 더불어 행복해야 함을 안다. 행복은 오직 관계 속에서만 가능하기에. 힘겨운 시기에 누군가 나를 기억해 내 이름을 불러주고 내게 다정한 마음을 나눠준 것처럼, 가끔은 나도 누군가의 이름을 부르며 그이에게 손을 내밀고 싶다.

택배 왔어요

오이, 파프리카, 두부, 바나나, 고구마, 고등어와 유정란. 맥락 없는 조합이다. 현관 앞에 놓인 대형 택배 상자에 든 먹거리였다. 시킨 적이 없는데 받는 사람 이름은 분명 내 이름. 보통 이런 정체불명의 상자 안에는 버려진 고양이나 개가 들어 있던데…… 아니, 어떤 소설에서는 어린아이이기도 했지. 도대체 누가 보낸 걸까. 무거운 상자를 끙끙거리며 들고 올라왔다.

그사이 핸드폰으로 얼마 전에 책을 낸 출판사 대표의

메시지가 와 있었다.

“혹시…… 새벽배송 도착했나요? 제가 간밤에 구호 물품을 한 상자 보냈는데……”

평소에도 엉뚱하게 귀여운 분이 그날따라 귀여움이 폭발했다.

“제가 요리를 안 해서 뭐가 필요한지 몰라서 막 넣었어요. 그냥 오이도 씹어 드시고 파프리카도 씹어 드시면 몸에 좋겠지 싶어서……”

그러고 보니 정말 긴급한 심정으로 아무거나 막 끌어 담은 구호 물품 상자 같았다. 진지하게 화면을 들여다보며 하나하나 클릭하고 있었을 모습을 상상하니 마음이 몽실몽실해졌다. 오이며 파프리카를 손에 들고 한동안 앉아 있었다.

지난해 3월이었다. 나는 말레이시아와 태국 여행에서 막 돌아와 자발적으로 2주간 자가격리를 하고 있었다. 흑사병이 창궐하던 피렌체를 배경으로 보카치오는 『데카메론』을 썼다지만 그럴 재능이 없는 나는 드라마 몰아보기나 하며 제대로 한량 노릇을 했다. 끝없이 낯선 장소를 찾아다니며 살아왔기에 집 안에 머물러야 하는 제한적 고립이 좀 불편했다. 게다가 강연이 줄줄이 취소되어 냉장고 털어 먹기를 하던 중이었다. 일이 없다는 건 단지 통장에 돈이 들어오지 않는다는 것으로 끝나는 게 아니었다. 세상과 나를 연결해주던 끈이 끊어지고, 이 세상에서 내 역할이 사라진 느낌이었다. 아무도 찾지 않는 망망대해의 작은 섬이 되어버린 듯한 무력감에 곧 휩쓸릴 것 같았다.

그 전날도 히어리 언니가 택배를 보내와 냉장고가 제법 찬 상태였다. 우리 먹는 것 위주로, 자식들한테 보내는 것처럼 그냥 담았다고, 남희씨 책으로 받은 것들에 비하면 아무것도 아니라며 보내주신 먹거리였다. 보리차며 누룽지며 들기름, 김치에 가래떡 같은 식탁의 필수품들. 상자 안에는 구하기 어렵다는 마스크까지 두 봉지 들어 있었다. 한 봉지에 세 개씩, 여섯 개의 마스크가 내 손에 들어왔다. 다음날 단골 카페에 원두 한 봉지를 주문했더니 그마저 두 봉지가 왔다. "제 마음입니다"라는 카페 대표님의 문자와 함께.

세계 일주를 시작한 2003년 봄, 나는 중국 남쪽 지방에 머물고 있었다. 밤마다 기침하느라 잠을 이루지 못한 지도 열흘이 넘었다. 기침 한 번에 폐가 1밀리미터씩 찢겨나가는 것 같았다. 어느 날 게스트하우스 주인이 나를 불렀다.

"오늘 나랑 어디 좀 갑시다." 그가 끌고 간 곳은 동네 병원. 중국인 의사는 감기니 링거나 맞고 가라며 병상에 나를 눕혔다. 팔자에 없는 호강을 다 해본다며 두어 시간 누워 있다가 처방해준 약을 받아 돌아왔다. 여행자들에게 다정하던 주인 남자는 나를 알뜰히 챙겼다. 그가 해주는 영양가 높은 음식과 보살핌에 힘입어 겨우 감기를 떨쳤다. 대문 앞에서 인사할 때 그가 당부했다. 잘 먹으며 다니라고. 지치면 다시 넘어와 쉬었다 가라고. 배낭을 메고 걸어가다 몇 번을 뒤돌아봐도 여전히 대문 앞에 서서 손을 흔들던 그의 모습이 눈에 선하다. 정 많고 사연도 많아 보이던 한국 아저씨였다. 라오스로 국경을 넘던 그날, 중국 쪽 분위기가 이상했다. 출입국 관리도, 오가는 사람들도 모두 마스크를 쓰고 있었다. 라오스로 넘어와서야 알게 되었다. 중국 정부가 중증급성호흡기증후군(사스)의 창궐을 공식적으로 인정한 날이 그날이었다. 내가 걸렸던 감기는 사스였을 확률이 높다. 젊고 건강했던 나는 고열과 기침을 견디고 살아남았다. 하지만 낯선 땅에서 나를 버티게 해준 건 게스트하우스 주인이 나눠준 온기였을 것이다.

17년의 세월이 흐른 후 택배 상자 몇 개가 내 고립을 깨뜨리고 있었다. 나는 더 편하고 더 빠른 것을 찾아 달려가는 인류의 기술 문명을 누리면서도 조금은 불편해했는데, 택배 상자로 구원 받고 있었다. 그 종이상자는 전염병에 맞서는 연대의 백신이었다. 뉴스에서는 온갖 나쁜 소식만 쏟아냈으나 내가 체험하는 세상의 온도는 그리 차갑지 않았다.

그날은 저 맥락 없는 채소들로 뭘 만들어 먹을지 고민하며 하루를 보냈다. 다음날 우체국에 가 나도 택배를 보냈다. 지난겨울 내내 맛있게 먹었던 곱창김 몇 봉을 그분들께 보냈다. 받은 것에 비하면 보잘것없는 답례였지만 마음이 중요하다고 변명하면서. 내 가벼운 택배 상자는 파주로, 경주로 날아갔다.

인류는 단 한 번도 고립과 단절로 위기를 극복한 적이 없다. 언제나 연대를 통해서만 위기를 넘어설 수 있었다. 바이러스라는 눈에 보이지 않는 거대한 공포에 작은 마음을 모아 맞서는 사람들. 그들의 우아한 연대가 결국 우리를 이기게 한다. 마음을 쓰고 시간을 써서 단단하게 주변을 챙기는 사람들. 카톡으로 안부를 묻고, 먼저 찾아오고, 택배에 마음을 실어 보내는 사람들. 그런 사람들이 곁에 있는 한 인간은 쉽게 무너지지 않는다. 경제적 위기가 와도, 외로움이 밀려들어도 쉽게 절망하지 않는 건 그들이 나를 탄탄하게 잡아주고 있기 때문이다. 어떤 위기에도 내가 최악의 상황으로 떨어지지 않을 거라는 믿음은 그들 덕분이다.

소년의 마음을 간직하는 일

일, 십, 백, 천, 만…… 동그라미의 숫자를 세다가 동공지진이 왔다. 이럴 리가 없는데…… 분명 한끼 밥값이어야 하는데…… 내가 예상했던 금액에 0이 하나 더 붙어 있었다. 계좌조회를 하다 말고 멍해졌다.

전날 밤이었다. 캐나다에 사시는 오강남 선생님이 메시지를 보내셨다.

"남희님, 크리스마스가 다가오니 남희님에게 선물을 하고 싶어지네요. 뭘 보낼 수는 없고 친구와 저녁 한끼 먹을 정도로 보내드리려고 하니 계좌번호 좀 가르쳐주실래요?"

"아니, 이게 무슨 산타클로스 할아버지 같은 말씀이신가요? 저 아직 양말도 안 걸었는데!"

"하하. 양말 번호나 가르쳐주시길!"

선생님이 용돈을 보내주신다고? 맛있는 밥 한끼 먹을 정도라면! 기쁜 마음으로 양말 번호를 알려드렸다. 친구랑 맛있는 거 사 먹겠다고 환호하면서.

선생님이 보내주신 돈의 끝자리에는 0이 하나 더 붙어 있었다. 나는 바로 메신저를 켰다.

"선생님, 송금 사고 난 것 같아요! 0이 하나 더 붙어 왔어요!"

"송금 사고 아닙니다. 더 주지 못해서 미안. 밥 먹고 남으면 맘대로 쓰세요. 별것 아닌데 그러니 쑥스러워지네요. 남희님이 사람들에게 여러 가지 좋은 일 하는 것에 감동. 그 일에 박수 보낸다는 뜻이지요."

"저 보내주신 돈의 10퍼센트는 기부해도 되죠?"

"그 와중에 10퍼센트는 기부까지 하겠다니 그 착한 마음 가이 없어라~"

나는 바로 10만 원을 농부시장 마르쉐로 보냈다.

올해는 선생님을 뵙지 못하고 지나가는구나 싶어 그리운 마음에 책장에 꽂힌 선생님의 책을 꺼냈다. 선생님과의 인연이 시작된 책이다. 2004년 9월 어느 날, 친구 H가 이상한 제목의 책을 내밀었다. "나는 이 책 읽고 교회를 탈출했어. 나를 구원한 책이야"라면서. 자신이 한 일 중 가장 잘한 일을 교회를 탈출한 일로 꼽는 친구였다. 그날 건네받은 책 『예수는 없다』를 읽기 시작했다. 책에는 '이래도 되나' 싶은 내용이 가득했다. 내가 알았던 기독교 세계관과는 완전히 달랐다. 성경을 문자 그대로 믿는 문자주의에서 벗어나야 한다, 하나님 아버지가 아니라 어머니일 수도 있다, 교인이 교회나 목사의 도움이 필요하지 않을 정도로 독립적인 사고와 믿음을 갖게 해주는 곳이 교회여야 한다, 인간의 해방만이 아니라 생태계의 해방을 같이 고민해야 한다, 지구와 인간이 겪고 있는 아픔을 해결하기 위해 모인 사람의 무리가 교회가 되어야 한다 등등. 가히 혁명적이었다.

여행을 다니는 동안 신의 이름으로 갈등하고 반목하는 모습을 수없이 본 탓에 나는 종교에 대해 부정적인 마음이 컸다. 인간을 한없이 이기적으로도 만들고, 믿을 수 없이 이타적으로도 만드는 종교를 궁금해하면서도 저어하는 마음이 앞섰다. 특히 한국의 보수적이고 공격적인 개신교에 대한 반발심이 컸다. 그런데 우리나라에도 이런 시각을 가진 기독교인이 있다니! 물질적 성장에만 치중하는 지나치게 보수적인 한국 교회를 일관되게 비판하면서도 그 태도가 부드러웠다. 자신이 속한 세계를 이토록 냉정하게 들여다보는 힘은 어디에서 오는 건지 궁금했다. 저자의 이력에는 캐나다의 대학에서 비교종교학을 가르친다고 적혀 있었다. 이 책은 기독교에 대한 내 좁은 이해를 반성하게 해준 것은 물론 종교가 없는 내 종교관에 큰 영향을 끼쳤다. 선생님과의 만남은 그렇게 독자와 저자로서 시작되었다.

다음해 초여름, 나는 산티아고를 걷고 있었다. 밀밭이 끝도 없이 펼쳐지는 평원 메세타가 며칠째 이어지고 있었다. 나무 그늘조차 없어 태양의 세례를 제대로 받던 날들이었다. 샘터에서 목을 축이다 독일인 순례자 토마스를 만났다. 그는 선교사였던 아버지를 따라 부산에서 2년간 살았다며 나를 반가워했다. '선교 사업'에 대해 삐딱하게 묻는 내게 토마스는 이런 이야기를 들려줬다. "이제 이교도를 기독교도로 바꾸는 데 선교의 의미를 둘 수는 없어. 각자 믿고 있는 종교 안에서 더 충실한 신앙인이 되도록 돕는 것, 그게 선교의 역할이야." 함께 걷는 동안 자연스레 교회와 신앙의 역할 같은 이야기들이 이어졌다. 오강남 선생님의 『예수는 없다』에서 읽었던 내용을 이야기하니 토마스도 열렬히 호응했다. 그 또한 다른 종교에도 구원이 있을 수 있다고 보고, 교회가 열린 마음으로 사회를 위해 긍정적인 역할을 하기를 바라는 신부였다. 한국에 돌아와 산티아고에 관한 책을 쓸 때 토마스와 나눈 이야기를 적었다. 몇 달 후였다. 내 홈페이지의 '남기고 싶은 이야기' 코너에 낯설고 익숙한 이름이 보였다. 오강남 선생님이었다. 선생님의 지인이 내 책을 읽고 선생님께 알려드렸다면서, 캐나다에 올 일이 있으면 밥과 숙소를 책임지겠다는 인사를 전하셨다. 담백한 호의가 담긴 글이었다. 나는 기억의 갈피에 그 글을 꽂아두었다.

몇 년 후, 남미 여행을 가게 되었을 때 밴쿠버를 경유하는 비행기표를 끊었다. 선생님은 내가 머물 숙소를 구해놓으시고, 교민을 대상으로 강연을 하는 자리도 마련해주셨다. 밴쿠버에 머무는 사흘 동안 안내자를 자처하시며 함께 눈산에 올랐고 시내를 걸었다. 선생님의 가족, 지인들과 즐겁게 식사도 함께했다. 1년 동안의 남미 여행이 끝나고 집으로 돌아가던 길, 나는 다시 밴쿠버에 들렀고 선생님과 해

후했다. 그후 선생님이 한국에 나오실 때마다 매년 한두 번은 만나는 사이가 되었다.

선생님을 만날 때면 불편함이 없다. 의견이 내 생각과 다르면 편하게 반박해도 될 것 같고, 그런다고 사이가 불편해질까봐 불안하지도 않다. 선생님은 늘 웃는 얼굴이고, 잘 웃으신다. 사고는 유연하고, 태도는 부드럽다. 연장자로 대접받기보다 신사로서 먼저 대접하고자 하는 매너가 몸에 배어 있다. 일흔이 넘으셨는데도 내게 말을 낮추는 법이 없다. 늘 깍듯이 대하신다. 그는 내가 아는 최고의 신사다. 품격과 지성과 유머를 갖춘 진짜 신사.

20년의 나이 차를 넘어 나는 그를 벗이라고 생각한다. 우리가 이렇게 인연을 이어갈 수 있는 건 우리 안의 순수한 마음, '소년·소녀다움'이 살아 있기 때문 아닐까. 사소한 일이나 우연한 만남에 온전히 기뻐하고 감탄하는 마음 말이다. 자신의 생각에 동의해주고 그것으로 다른 이와 이야기를 나누고 또 글로 옮기는 누군가를 봤을 때 선생님은 즐겁게 만남을 청하셨다. 내가 공감을 표현하니 소년처럼 "고마워요!"라고 외치셨다. 어떻게 해도 바뀌지 않을 것 같은 문제에 좌절하기보다 내가 할 수 있는 것을 다 해보겠다는 태도.

내 생에 그 변화를 보지 못한다 해도 내 자리에서 해야 할 일을 하겠다는 그 마음을 나도 닮고 싶다.

사람이 닫혀가는 건 중심에 단단하게 자리잡은 철학이 없어서인지도 모른다. 선생님의 글은 자기 생각을 주장하는 글이 아니다. 다양한 신학 이론과 역사학적으로 밝혀진 사실을 종합해 자신의 견해를 발전시켜간다. 그저 진리를 찾아서 부단히 나아갈 뿐이다. 그 중심에는 종교가 인간의 삶을 더 윤택하게 하기를 바라고, 그것이 가능하다고 믿는 마음이 있다. 보수적인 기독교 가정에서 태어나 젊은 시절까지 그 세계 안에 머물던 선생님은 스스로 그 알을 깨고 나왔다. 한 번 깨져본 사람들은 두 번 깨지는 것에 두려워하지 않는다. 선생님은 평생에 한 번도 기독교를 벗어난 적이 없는데 새로운 기독교인이 되었다.

내 안에도 아직은 어떤 순수한 마음이 살아 있다. 남의 시선이나 평판을 의식하지 않고 제멋대로 사는 힘이 나에게 있다면 그건 타고난 기질이 아니라 여행 덕분이라고 본다. 내 안에 여행이라는 중심이 있어서 그 중심이 때로는 묵직하게 무게를 잡아주기도 하고, 때로는 나를 흔들기도 한다. 선생님의 중심이 종교였다면 내게는 그 중심이 여행이었다. 그 무엇과도 바꿀 수 없고, 어떤 상황에서도 포기할 수 없는 절실한 무언가가 내 안에 아직 살아 있다. 그 중심은 내게 끊임없이 내가 틀렸다고, 아무것도 알지 못한다고 가르쳐준다. 내 상식과 신념이 부정당하는 수많은 순간이 여행마다 찾아온다. 한 번 부정당할 때마다 하나의 좁은 세계가 부서지고, 더 넓은 세계가 다가온다. 내 무지와 편견을 확인할 때마다 이상한 쾌감이 솟는다. 어쩌면 그 중독적인 쾌감 때문에 계속 여행을 하는 건지도 모르겠다.

나이가 들어가며 사고가 굳어가는 사람이 되고 싶지 않다. 내 이야기를 하기보다 다른 사람의 이야기를 듣는 데 더 많은 에너지를 쓰기를, 익숙한 것들의 편안함에 몰입하기보다는 낯설고 새로운 것들에 호기심으로 한 발짝 더 다가가기를, 중심이 확고하되 유연한 사람이기를 바란다. 사실이 바뀌면 견해를 바꿀 줄 아는 사람이고 싶다. 틀렸을 때는 실수를 깨끗이 인정할 줄 알고, 새롭고 낯선 것들을 눈을 빛내며 들여다보는 사람으로 늙고 싶다. 이렇게 살아갈 수만 있다면 적어도 '구제불능의 꼰대'까지는 되지 않을 테니까. 그러니 내 곁에 선생님처럼 반짝이는 어른이 많으면 좋겠다. 나이를 넘어 친구가 될 수 있는 그런 어른 말이다.

구남친의 종이학 펀드

"누나 혹시 종이학 펀드라고 아세요?" 올 게 왔구나. 펀드 가입 권유라니. 그답지 않다고 잠깐 생각했지만 사람은 변하니까. 수입이 끊긴 봄을 보내던 때였다. 위기일수록 과감히 투자하라는 건가. 뭐라고 거절해야 하나. 일단 이야기나 들어볼까. 잠깐 침묵하다가 물었다. "아니, 처음 들어요. 뭔데요?" "제가 만든 펀드예요. 돈을 빌린 사람이 형편이 나아져서 지폐로 종이학을 접어 날릴 정도가 되면 갚는 펀드예요. 소액이지만 무이자고요. 누나에게도 가능한데 혹시 필요하시면 언제든 연락하시라고요." 잠시 할말을 잊고 멍하니 메시지를 들여다봤다. 종이학 펀드라니 이름도 잘 지었네. 유머가 넘치는 그답다는 생각을 하면서.

우리가 연인 관계를 끝낸 지도 어느새 5년이 되어간다. 하지만 우리는 가끔 연락을 주고받는다. 그는 내가 쓰는 글을 제일 먼저 읽고 꼼꼼한 조언을 해주는 '비밀 편집자'이자 세상에서 벌어지는 기기묘묘한 일들에 대한 '온갖 문제 상담사' 역할을 맡고 있다. 그런 우리를 보고 주변 사람들은 무슨 관계냐며 의아해한다. 그를 만난 적이 없는 친구는 현실에 존재하지 않는 사이버 애인이 아니냐고 묻기도 한다. 그럴 때면 그냥 웃는다.

우리는 헤어지고 나서 더 좋은 관계가 되었다. 어쩌면 빚진 마음 때문인지도 모른다. 우울증을 앓던 그의 곁에 있어주지 못한 미안함이 내게 남아 있듯이, 그에게는 나를 자유롭게 날아다닐 수 있게 해주겠다던 약속을 지키지 못한 부채감이 남았을 것이다. 어느 한쪽에 일방적인 잘못이 있는 게 아니라 더는 상대를 위해 할 수 있는 일이 없다는 걸 서로 인정했을 때, 우리는 헤어졌다. 서로가 간절히 원하는 것, 가장 절실하게 바라는 것을 채워주지 못했기에 헤어짐은 자연스러웠다. 누군가는 서로의 바닥을 들여다본 적이 없어서 헤어진 후에도 관계가 유지되는 거라고 말할지 모르겠다. 하지만 헤어지기 위해 꼭 상대의 바닥을 봐야 할까. 그 지경까지 가지 않아도 세상의 많은 연인은 헤어진다. 우리가 그랬듯이. 한 사람과 헤어지는 순간은 처음 만나 사랑에 빠지던 순간만큼이나 소중하다. 애써 웃으며 고마운 시간이었다고, 당신으로 인해 참 많이 성장했다고 말하고 싶다. 자존심을 지키며 헤어지는 법이 있다면 내게는 그런 방식이다. 헤어질 때의 내 모습은 두고두고 상대의 기억 속에 남게 될 테니까. 그러니 헤어지는 순간일수록 예의를 다하고 싶다.

그를 만났던 5년 동안에도, 헤어진 후 5년이 된 지금도 나에게 한결같은 신뢰를 보여주는 그가 고맙다. 내가 스스로를 믿지 못해 흔들릴 때도 그는 담담하게 용기를 불어넣어준다. 마치 그 일이 그의 의무라도 되는 듯이. 때로는 그의 믿음이 너무 확고해 보여 나까지도 내가 꽤나 괜찮은 사람이라 믿고 싶어지기도 한다.

지난해 책을 마무리하던 무렵이었다. 도무지 원고가 풀리지 않아 나의 능력을 탓하던 날이 이어졌다. 그에게서 긴 메일이 날아왔다.

누나가 재능이 없다고 징징대는 카톡을 보내셨네요. 제가 글은 이제 마음이 내키는 대로만 쓸 거고 밥벌이는 다른 일로 하겠다고 했을 때 제 친구가 재능이 아깝다고 했거든요. 그때 뭐라고 답했냐면 제 재능이 저보다 위대하지 않고, 제 꿈이 저 자신보다 소중하지 않다고 했어요. 재능이 아무리 뛰어나도 절대 그 사람 자체보다 위대할 수 없잖아요. 재능과 꿈을 잃어도, 그런 게 없어도, 그 사람 자체의 소중함은 조금도 작아지지 않으니까요. 그러니 재능과 꿈이 사람의 자존심을 해치는 일은 절대 없었으면 좋겠어요.

누나에게도 마찬가지예요. 누나의 글이 좋은 건 누나 재능 때문이 아니에요. 재능이 있고 없고는 별개로 누나는 삶 자체로 누나의 위대함을 증명해왔어요. 그리고 재능보다는 누나의 여행하는 삶이 글을 밀어나가고 있어요. 누나는 여행을 다니면서도 늘 조심조심 멈칫멈칫 독자들에게 손을 내밀었지요. 이 조심스러움이야말로 이 세계에 필요한 것이라고 저는 믿어요. 겁먹되 물러나지 않고, 유연하되 허물어지지 않는 세계가 누나에게는 있어요. 누나의 글 쓰는 재능이야 쉽게 모방할 수 있어요. 하지만 누나 삶을 누가 모방할 수 있겠어요. 그러니까 재능 탓하지 마시고 그냥 사시면 돼요. 그 삶 자체가 글이 되니까.

헤어진 연인 사이에 어떻게 이런 일이 가능할까. 서로를 인간으로서는 좋아하되 이젠 이성으로 여기지 않기 때문일까. 서로로 인해 상처받았던 순간보다는 기뻤던 날들이 더 크게 남아 있기 때문일까. 서로의 단점보다는 장점을 잘 기억하기 때문일까. 그 모든 것에 더해 우리가 오직 글로만 소통하기 때문인지도 모른다. 헤어진 후 우리는 만난 적도 없고, 전화통화를 한 적도 없다. 문자로 이야기를 나눌 뿐이다. 그러니 생각나는 대로 말하는 일도 없고, 감정 그대로를 여과 없이 전달하지도 않는다. 무엇보다 우리는 서로에게 바라는 점이 단순하고 명확하다. 우리를 헤어지게 만든 결핍의 충족, 그것뿐이다. 나는 그의 건강을 바라고, 그는 내가 여행하고 글쓰며 자유롭게 살아가기를 바란다. 서로에 대한 과한 기대가 없을 때 관계는 편안하게 흘러간다. 담백함과 질척거림의 차이가 여기서 오는 것 아닐까. 헤어질 때 상대에게 내 감정보다 중요한 게 있다는 걸 인정하고 관계를 마무리지었기 때문에 이런 관계가 이어지는 것 같기도 하다.

아무튼 나도 이 이상한 관계의 배경이 뭔지는 잘 모르겠다. 누군가를 전적으로 믿고 지지해준다는 것. 언젠가 그 굳건했던 지지의 토대가 흔들리고 무너져 그 자리가 빈다 해도, 한 시절을 누군가의 신뢰에 기대어 건너왔다는 사실, 그것만으로도 충분하다. 사람을 사랑하는 일은 그 사람의 영혼이 성장하는 일이다. 사랑하는 마음이 깊어질수록 내 안의 빛과 어둠이 더불어 자라난다. 가장 어여쁜 얼굴을 알게 되고, 가장 어두운 그림자도 마주하게 된다. 좋은 일과 나쁜 일, 기쁨과 슬픔을 두루 겪어 내 삶이 풍성해진다. 사랑을 할 때, 우리는 매 순간 살아 있는 것처럼 제대로 살게 된다. 인생을 살아가는 동안 이런 경험을 몇 번이나 할 수 있을까. 그 사실만으로도 감사할 이유는 충분하다.

연인이 헤어지는 순간 둘이 함께 쌓아올린 세계는 무너져내린다. 더 많이 사랑한 사람의 세계는 더 처참한 폐허가 되기 쉽다. 나라는 사람에 대해 이토록 많은 걸 알고 있는 이는 몇 없다. 한 시절 서로의 가장 아름다운 영혼과 가장 부끄러운 얼굴까지 투명하게 들여다본 사이였는데, 그 모든 시간의 공유를 없던 일로 돌린다니 아깝다. 물론 헤어진 후에도 관계를 이어가려면 상대도 나와 같은 마음이어야 하고,

상대를 넘어 배려해야 하는 이가 있는지도 살펴야 한다.

언젠가부턴가 관계를 맺는 일에 세심해졌다. 천성이 그래서가 아니다. 외로움은 많이 타지만 타고난 성정은 게으르고 무심한 편에 가깝다. 다만 내가 이어가고픈 관계가 있다면 정성을 들여야 한다는 점을 자주 생각한다. 사람 사이의 관계를 유지한다는 건 식물 기르기와 비슷하다. 어떤 식물은 반그늘에서도 잘 자라고, 어떤 식물은 햇볕이 부족하면 금세 시들어버린다. 같은 날 물을 줘도 어떤 식물은 더 빨리 마르고, 어떤 식물은 여전히 촉촉하다. 사람도 마찬가지 아닐까. 어떤 사람은 똑같은 정도의 무심함을 그러려니 받아들이지만, 또다른 이는 서운하게 여기기도 한다. 햇볕과 바람과 물을 제공하지 않으면 결국 죽어버리는 식물들처럼 사람과의 관계도 정성을 쏟지 않으면 시들어버린다. 시들어가는 속도만 다를 뿐.

나에게 관계를 가꾸는 일을 가르쳐준 건 일본 친구들이다. 그들은 아무리 짧은 여행이라 해도 끝 무렵에 '반드시'라고 할 만큼 가족과 친구들을 위해 선물을 샀다. 대부분 저렇게 사소한 걸 선물하나 싶을 만큼 작은 것들이었다. 여행이 끝난 후 돌아가서도 신세를 진 이들에게 꼭 선물을 보내곤 했다. 서울에 왔다가 돌아간 일본 친구들은 늘 전화를 해오거나 답례의 선물이나 엽서를 보내왔다. 그러다보니 나도 외국에 있는 친구 집을 다녀오면 전화를 하거나 엽서를 보내게 되었다. 가기 전에 선물을 챙기는 건 물론이고, 다녀와서도 종종 선물을 보내는 습관이 생겼다. 주변 지인들에게도 받은 만큼 다 갚지는 못해도 고마운 마음을 작은 선물로 표시하는 버릇이 들었다. 미루지 않고, 망설이지 않고, 고마움을 매 순간 표현하는 사람이 되고자 애쓰게 되었다.

누군가와 헤어질 때면 늘 내 얼굴을 돌아보게 된다. 웃는 얼굴인지? 화를 내거나 찡그린 얼굴은 아닌지? 상대가 멀어져가는 뒷모습을 지켜보며 오래 서 있는다. 혹시라도 돌아보면 웃으며 손을 흔들어주고 싶은 마음에. 오늘 이 만남이 마지막이 된다 해도 후회하지 않기를 바라며 뒷모습을 지켜본다. 어디서 어떻게 헤어질지 알 수 없고, 어디서 어떻게 다시 만날지도 알 수 없는 일이 사람의 인연이다. 그러니 업무상 오는 메일 한 통에도 예의를 다하고 싶다. 다시 가게 될지 알 수 없는 식당의 일하는 분에게도 좋은 손님이 되고 싶다. 약간의 노력으로 나는 예의바른 인간으로 남을 수 있다. 스쳐지나는 만남에서든, 몇 번의 계절을 함께하며 사랑이 꽃 피고 지는 만남에서든, 오래 우정을 나누는 만남에서든 마음을 다하고 싶다. 정성껏 물을 주고 햇볕을 쪼여 관계의 꽃이 활짝 피어날 수 있도록. 시작할 때의 그 마음을 끝까지 지키는 사람이고 싶다.

피는 물보다 진할까

엄마에게 가끔 묻는다. "나 어렸을 때 어땠어?" 대답은 늘 비슷하다. "셋 중에 네가 제일 유별났어. 누가 놀러와서 네 걸 건드리기라도 하면 '내 거야' 소리지르면서 만지지도 못하게 했지. 이모라도 왔다가 가려고 하면 바짓가랑이를 붙잡고 가지 말라고 우는 것도 너였고."

한숨이 난다. 사람 욕심은 어려서부터 그득했네. 아무리 어렸어도 내 물건에 손도 못 대게 한 건 좀 너무한 것 같은데…… 남동생 둘을 둔 장녀라면 보통 이해심 많은 누나 역할을 자의로든 타의로든 하게 되던데…… 한결같이 제멋대로 살아온 캐릭터가 나지만, 어린 날의 모습부터 저랬다니 좀 부끄럽다. 사실 우리 남매는 셋 다 개성이 너무나 뚜렷하다. 무난하고 수더분한 사람이 하나도 없다. 우리집에서 가장 순한 사람은 엄마. 그러니 별난 남매 셋을 키우느라 얼마나 고생하셨을까.

내 밑으로 2년씩 차이 나는 남동생들과 나는 삶의 길도 다 제각각이다. 막내는 미혼, 나는 돌싱, 둘째만 이른바 '정상 가족'을 꾸리고 살아간다. 둘째는 가끔 우쭐거리며 말한다. "부모님께 제대로 효도하는 건 나밖에 없네." 분하지만 인정할 수밖에 없다. 부모의 눈에는 자식이 좋은 사람 만나 가정을 꾸리고 아이 낳고 살아가는 게 덜 쓸쓸해 보이고 안정되어 보이니 효도일 수밖에. 게다가 둘째는 내게 조카라는 무한히 사랑스러운 존재를 선물했다. 그래서 언젠가 선언했다. "네가 나한테 무슨 소리를 해도 용서할게. 연우와 해윤이를 낳아줬으니까." 그 마음은 진심이다. 동생이 아니었다면 내가 어디서 생명이 자라는 경이로운 모습을 지켜볼 수 있었을까.

객관적으로 봐도 동생과 나는 사이가 나쁘지 않은 남

매일 것이다. 하지만 나에게 조카들이 없었다면, 올케가 없었다면 사이는 조금 더 멀었으리라. 너무 다른 삶을 살아가고 있으니. 그의 취미는 영화와 독서, 캠핑. 내 취미도 그 세 가지를 다 포함한다. 하지만 그걸 즐기는 방식은 정말 다르다. 제일 먼저 독서. 그는 우리집에 올 때마다 내 책장 앞에 서서 검사라도 하듯 책장을 쭉 훑어보다 말한다. "와, 이런 건 누가 사나 싶은 책은 다 누나 책장에 꽂혀 있네." 그의 지론은 이렇다. "한 달에 열 권을 읽어도 1년에 120권. 40년을 더 산다 해도 5000권. 남은 생에 5000권밖에 못 읽어. 나는 함부로 아무 책이나 읽을 수 없어." 아무 책에는 당연히 내 책도 포함된다. 어떻게 피를 나눈 누나의 책을 안 읽을 수가 있을까? 한때는 서운하기도 했지만 엄마가 열심히 읽어주시니 가족에게 그 이상은 기대하지 않기로 했다. 실패하지 않을 증명된 책을 선호하는 동생은 당연히 고전 애호가. 자신의 20대를 도스토옙스키가 구원했다고 말하는 놈이다. 동생이 결혼할 때였다. "결혼 선물 뭐해줄까?" "『창작과비평』 창간호부터 최근호까지 전집으로." 내 결혼 선물은 여전히 그의 책장 맨 위 칸에 가지런히 꽂혀 있다. 심지어 우리는 독서하는 자세도 다르다. 나는 침대에 누워 책을 읽는 와독파. 동생은 책상에 독서대를 올려놓고 바른 자세로 읽는 정독파.

영화. 영화를 놓고 보면 우리의 사이는 더 멀어진다. 내가 어떤 영화를 보고 와서 "이 영화 너무 좋아. 꼭 봐. 인생 영화야"라고 하면 그는 시큰둥하게 답한다. "알았어. 나중에 시간 나면." 한참 후에 물어본다. "봤어? 어땠어?" 대답은 둘 중 하나다. "아직 못 봤네" 아니면 "뭐, 그럭저럭 볼만했어". 한때 스탠리 큐브릭 자서전을 번역하고 싶어했던 놈이라 그런가 영화 취향도 고전적이다. 좋아하는 영화라도 나는 두 번 보는 일이 잘 없는 '단관파'인데 동생은 좋아하는 영화라면 무한 반복해서 들여다보며 헤집는 '다관파'다.

캠핑. 이건 내가 좀 할말이 많다. 일단 나는 오토캠핑보다는 백패킹. 필요한 모든 것을 직접 등에 짊어지고 자연으로 걸어들어가는 걸 선호한다. 당연히 동생의 오토캠핑을 비웃는다. 고급 브랜드에 꽂히는 '장비병'은 없는 것 같은데 동생에게는 다른 병이 있다. 이름하여, '일단 차에 싣고 보는 병'. 자전거도 탈 것 같으니 일단 싣는다. 책은 당연히 읽을 거니까 접이식 책상도 싣는다. 얼마 전에는 무선 시네빔을 사면서 캠핑에서도 쓸 수 있다고 자랑했으니 곧 자동차에 실릴 것이다. 그렇게 무조건 차에 싣고 간 것들을 다 쓰는 일은 물론 생기지 않는다. 결정적인 차이는 캠핑장에서 고기를 굽는 일이다. 먹으려고 떠나느냐고, 고기 못 먹어서 죽은 귀신이 붙었냐고, 캠핑장 가득 일제히 고기 굽는 연기가 피어오르는 거 좀 무섭지 않느냐고 면박을 줘도 그는 바비큐를 포기하지 않는다. "캠핑의 맛은 고기 굽는 맛이지" 이러면서. 거기에 더해 야외에서 고기를 굽는 행위는 우리 유전자 안에 각인되어 있는 본능적 행위라고까지 항변한다.

어떤 면에서는 나만큼이나 철없어 보이는 놈이지만, 가끔은 의젓하게 느껴질 때가 있다. 대나무에 꽃이 피어나는 확률 정도로 생기는 일이지만. 아빠가 폐암 진단을 받고 한 달도 안 되어 돌아가셨을 때, 동생은 나와 막냇동생에게 말했다. 아빠의 죽음을 두고 절대로 누구의 탓도 해서는 안 된다고, 이렇게 할걸 저렇게 했어야 했는데 이런 뒤늦은 후회도 하지 말자고. 그런 말을 해주는 동생이 있어 조금은 든든했다. 동생도 몇 번이나 만나 술잔을 나눴던 남자와 내가 헤어졌을 때, 세월이 흐른 후 그의 근황을 말했을 때, 무조건 내 편을 들어주던 모습은 뜻밖이어서 더 고마웠다. 사실은 인정하고 있다. 내가 마음껏 떠돌며 살 수 있는 건, 동생 둘이 서울에서 살아가고 있기 때문이란 걸. 한 명은 엄마와 함께, 한 명은 엄마가 자랑할 수 있는 가정을 꾸려 번듯하게 살고 있기에 나는 안심하고 떠날 수 있다.

가족으로 인해 힘든 일을 많이 겪었던 친구가 언젠가 이런 말을 했다. 자신의 가족은, 하나로 결합되기 위해 자기 자신을 일정 부분 깎아내거나 잃어버리고 나서야 가족이라는 큰 그림 속에 끼워진 존재들이라고. 나는 운 좋게도 온화한 부모님을 만나 나라는 사람을 깎아내지 않고도 가족으로 쉽게 존재할 수 있었다. 가족이란 용접을 하듯 단단하고 강하게 결합되는 관계라는 인식이 유독 강한 사회적 틀 안에서 나는 늘 다른 강도로 살아왔다. 혼자서 느슨하게. 가족의 존재가 소중하고 감사했지만, 그보다 더 중요한 건 나 자신이었다. 다행히 부모님은 자식의 삶에 함부로 간섭하지 않으셨고, 자식에게 희생을 요구할 만큼 절박한 환경도 아니었다. 동생들은 아마도 이런 심정이었을 것 같다. "왜 저러고 사는지 이해는 안 가지만 누나 인생이니 뭐라 할 수는 없지." 덕분에 내 세계에 최대한 충실하면서 가족의 세계에는 최소한의 도리만을 하며 살아올 수 있었다. 불성실한 누나라든가 불효자식이라든가 하는 불량스러운 이름으로 불릴 만도 하지만, 내게는 그 최소한이 실은 최대한이었다. 최소한 속에 숨은 최대한이었다고 슬며시 우겨본다. 그리고 그 최소한 속에서 최대한을 봐주는 이가 나의 부모님이었다. 단단한 결합으로만 삶을 지탱할 수 있는 이들이 있는 반면, 나는 느슨한 연대의 관계로도 살아갈 수 있는 사람이다. 아니, 단단한 결합이 주는 책임감이 부담스러워 혼자인 삶을 여태 살아간다. 그런 나도 아빠가 돌아가시고, 엄마가 여든을 훌쩍 넘기니 조금씩 신경이 쓰인다. 가급적 명절에는 엄마 곁에 있으려고 여행 일정을 조정하게 되고, 살갑지 않은 성격인데 엄마에게 전화도 자주 드리게 된다.

세월이 흐를수록 동생의 뒷모습은 아빠를 닮아간다. 가족을 위해 자신을 조금씩 지워갔던 아빠. 마침내는 당신의 세계를 자기 자신을 뺀 가족으로 전부 물들였던 아빠. 둘째는 그렇게까지 되지 않을 것 같지만, 그의 어깨에도 가족이라는 존재가 닻이자 덫이 되어 매달려 있다. 직장에 사표를 던지고 싶은 날에도 어린 자식들 생각에 모욕을 견디는 날이 쌓여갈 것이고, 어딘가로 혼자 훌쩍 떠나고 싶을 때도 가족을 생각하고 망설이게 될 것이다. 대신 그에게는 모든 것을 놓고 싶어질 만큼 지친 날, 잠든 아이들을 들여다보며 다시 삶의 의지를 다잡는 밤이 있을 것이다. 아이와 공을 차고, 보드게임을 하고, 함께 산을 오르고, 아이로 인해 울고 웃는 날들이 있을 것이다. 더불어 함께 성장하는 날들이 아직 그의 앞에 놓여 있다. 눈 깜짝할 사이에 어른이 되어버린 아이들의 빈자리에 한숨을 쉴 날도. 그에 비해 책임질 이가 없는 내 삶은 한없이 가볍다. 나는 어디로든 갈 수 있다. 멀리 떠나 돌아오지 않을 수도 있다. 지금껏 그래왔듯 앞으로 남은 삶의 길도 온전히 나만 중심에 두고 걸어갈 수 있다. 결산하듯 찾아올 고독한 밤들을 대가로 내줘야 하겠지만.

부모 자식 사이라고, 피를 나눈 형제자매라고 서로를 다 이해하지는 못한다. 어느 집에나 고단한 길에 위태롭게 서 있는 이가 있고, 도무지 속을 알 수 없어 애가 타게 만드는 이도 있을 것이다. 우리집에서는 엄마와 함께 살고 있는 막내가 그렇다. 엄마가 돌아가신 후 혼자 남게 되면 그는 어떤 삶을 살까. 옳다고 생각하면 고집을 꺾지 않던 아빠의 성격을 고스란히 닮은 막내. '좋은 게 좋은 거지'라고는 절대로 말하지 못해 많이 고단하진 않을까. 모쪼록 동생들이 평안하기를. 나는 이토록 제멋대로 살아가면서도 남동생들의 존재만으로 힘을 얻기 때문이다. 나도 조금쯤은 그들에게 힘이 되는 누나이고 싶은데, 어려서도 어른이 된 지금도 별 도움이 되지 않는 존재다. 그저 포기하지 않고 내 자리를 지키는 것만으로 괜찮을 거라고, 머리를 털며 쉽게 생각하고 만다. 살아가는 내내 우리는 저마다 외로울 터이지만 외로움의 결은 다 다를 것이다. 그 외로움을 견디는 방법도 다를 테고. 가족은 가장 가까운 타인에 불과하다. 저마다의 인생을 살아가는 것이고 그저 손놓고 지켜볼 수밖에 없다. 나이가 들수록 점점 살아내는 것 이상으로 위대한 일은 없다는 생각을 한다. 어떤 모욕을 받아도, 어떤 고통이 할퀴고 가도, 그저 살아내는 것. 그러니 우리 셋 모두 각자의 자리에서 오늘 하루치의 고독과 피로를 묵묵히 견뎌내기를.

고래를 기다리는 사람으로

남아 있기를

아이는 곤히 잠들어 있었다. 잠을 깨우기가 미안했다. 나는 식구들 몰래 그의 귓가에 속삭였다. 연우야, 일어나. 작은 목소리였는데도 아이는 눈을 비비며 일어나 앉았다. 이른 새벽이었고, 다들 잠에 빠져 있었다. 나는 졸음에 겨워 눈을 뜨지 못하는 아이에게 옷을 입혀 집을 나섰다. 아이는 칭얼거리지도 않고 따라나섰다. 내 손을 잡은 작은 손의 온기가 따스했다. 계단을 내려가 선착장을 지나 인적이 뜸한 길로 접어들었다. "여기서 기다릴까?" "응." 우리는 돌담에 나란히 앉아 바다를 응시했다. 아침 바다는 아직 잠들어 고요했다. 고기잡이에 나선 배들도 아직 돌아오지 않았고, 길에는 오가는 사람도 없었다. 나는 아이의 어깨를 감싸고 바다에 눈을 두었다. 우리는 돌고래를 기다리는 중이었다. 나는 연우에게 루이스 세풀베다가 쓴 슬프고 아름다운 이야기를 들려줬다.

"어떤 소년이 있었는데, 몸이 약한 소년이었어. 가족 여행을 갔다가 바닷가의 돌고래와 친구가 된 거야. 소년은 돌고래를 만나러 여름이 오면 같은 바닷가를 찾아갔고, 그러면 그 돌고래가 소년을 만나러 돌아오곤 했대. 소년은 점점 건강해지고 밝아졌어. 그렇게 몇 년간 우정을 나누다가 어느 해, 돌고래는 돌아오지 않았어. 소년은 오지 않는 돌고래를 하염없이 기다렸지. 그리움에 울다 지친 소년은 곧 시름시름 앓다가 세상을 떠났대." "돌고래는 왜 안 온 거야?" "글쎄. 아마 그물에 걸려 죽지 않았을까." "고모, 이 이야기 진짜야?" "응, 아주 먼 칠레라는 나라의 바닷가에서 실제로 있었던 일이래." "소년이 불쌍해, 돌고래도."

연우는 잠시 말없이 바다를 바라보며 앉아 있었다. 한 시간쯤을 그렇게 보냈다. 그곳은 그리스의 작은 섬이었다.

조카가 오기 며칠 전 그 자리에서 돌고래를 보았다는 이야기를 하자 아이는 돌고래를 만나러 가고 싶다고 했다. "아침에 일찍 가야 하는데?" "고모가 깨워주면 되지." "우리 둘만 가?" "응." 그렇게 그날 우리는 돌고래를 만나러 나섰다. 끝내 돌고래는 보지 못했다. 하지만 내 기억 속에 그날 아침의 고요한 기다림은 아름다운 순간으로 남아 있다. 이른 아침 바다에서 둘이 나란히 앉아 돌고래를 기다리던 그 시간의 물결이 아직도 내 안에서 일렁인다. 미동도 없이 하염없이 먼 바다를 응시하던 연우에게도 부디 그 순간이 오래 남아 있기를, 오지 않는 돌고래를 상상하며 기다리던 그 시간의 의미를 오래 잊지 않기를 바란다. 가족과 함께 연우가 한국으로 돌아간 다음날, 나는 같은 자리에서 돌고래 두 마리와 마주쳤다. 조카에게 엽서를 보냈다. 혼자서 돌고래를 만났던 기쁨과 서운함에 대해. 서울에 돌아와서 연우에게 『고래를 기다리며』라는 책을 선물했다. 우리가 함께 돌고래를 기다리던 그 시간을 기억해주길 바라면서.

여행을 다닐 때면 늘 생각하고는 했다. 내가 보는 이 풍경을 내 조카들이 볼 수 있을까. 내 심장을 두근거리게 만들고 내 시선을 앗아간 것들을 연우와 해윤이도 만날 수 있을까. 스리랑카의 바닷가에서 대왕고래의 숨소리를 들을 수 있을까? 탄자니아의 세렝게티에서 야생의 코뿔소와 코끼리를 만날 수 있을까? 빙하로 뒤덮인 산을 오르며 얼음 성벽 안으로 발을 디딜 수는 있을까? 침묵과 별빛만이 가득한 사막의 모래언덕에 누워 고독 속으로 자신을 던져볼 수 있을까? 어떤 바람은 실현 가능할 것이고, 어떤 바람은 이루기 어려울 것이다. 지구는 점점 더 빠르게 망가져가고 있으니까. 아직 어린 조카들을 보고 있으면 슬픔이 밀려든다. 내가 본 세상보다 훨씬 더 삭막한 곳에서 살아가게 될 아이들에게 미안해진다.

올케가 아이를 임신했다는 소식을 듣던 12년 전, 나는 적금을 들었다. 내 인생에서 가장 아름다운 순간이 언제였는지를 생각해보면 늘 열세 마리 기린에게 둘러싸였던 어느 오후다. 고장난 차를 고치기 위해 멈춰 선 우리를 바라보던 기린 열세 마리를 만난 건 탄자니아에서였다. 아이가 자라면 탄자니아에 데려가 야생의 동물을 만나게 해주고 싶었다. 함께 사자의 사냥을 좇고, 기린의 우아한 발걸음을 지켜보고, 하이에나의 울음소리를 들으며 잠들고 싶었다. 온몸이 먼지투성이가 되어도 눈을 반짝반짝 빛내며 먼저 찾아낸 동물의 이름을 소리 내어 부르는 순간을 만들고 싶었다. 물을 찾아 함께 이동하는 얼룩말과 누의 우정을 이야기해 주고 싶었다. 냄새 잘 맡는 누가 물 냄새를 맡고, 눈이 좋은 얼룩말은 포식자를 찾아낸다. 그래서 수만 마리 얼룩말과 누는 물을 찾아 먼길을 함께 이동한다. 서로의 약함에 기대어 살아가는 그 모습을 보여주고 싶었다. 배고프기 전에는 사냥에 나서지 않고, 수십 번의 실패를 반복하며 기다리고 또 기다려 사냥에 성공하면 배를 채우고 미련 없이 돌아서는 사자를 만나게 해주고 싶었다. 사자에게 날카로운 어금니가 있다면 가젤이나 임팔라에게는 빠른 발이 있어 사자가 쉽게 잡을 수 없다는 사실을, 혼신의 힘을 다해야 어린 가젤 혹은 병들어 무리에서 떨어져나온 임팔라 한 마리를 겨우 잡는다는 걸 스스로 깨닫게 하고 싶었다. 생명을 지닌 모든 존재가 저마다의 무기를 지니고 태어났으며, 약해서 희생당해야 하는 역할로 태어난 존재는 없다는 걸 알게 해주고 싶었다.

그럼으로써 지구의 주인이 인간이 아니라는 사실을, 지구가 아름다운 건 다양한 생명이 있기 때문이라는 사실을 느끼게 해주고 싶었다. 동물원에 갇힌 동물이 아니라, 수

족관에서 학대당하는 돌고래가 아니라, 야생의 건강한 동물들을 알려주고 싶었다. 존중받고 보호받아야 마땅한 다른 생명체의 존재가 지구라는 행성을 얼마나 아름답게 만드는지 보여주고 싶었다. 지난해 나는 적금을 탔고, 우리 가족은 조카들을 데리고 탄자니아행 비행기에 오를 예정이었다. 코로나는 그 모든 계획을 무용지물로 만들었다. 동물을 사랑하는 연우는 아프리카에 다녀온 후에는 코모도왕도마뱀을 보러 가자고, 갈라파고스에도 가자고 벌써부터 조르고 있는데……

어떤 부모들은 아이에게 생일 선물로 주식을 한 주씩 사서 준다고 한다. 어떤 부모들은 부동산을 남겨주려 하고, 또다른 부모는 학벌이나 영어 실력 같은 것을 갖추게 해주려 한다. 아마도 자신들에게 가장 갈급하고 중요하다고 생각하는 것들을 자식에게 전해주고 싶은 마음일 것이다. 자력으로 세상을 살아가는 일이 힘들다보니 아이들 손에 든든한 무기 하나씩은 쥐어주고 싶은 마음이리라. 아이가 없는 나는 그 절박한 마음에서 비껴 서 있다. 하지만 아이가 있다고 해도 내게는 물려줄 만한 물질적 자산은 별로 없다. 물려주고 싶지도 않다. 내가 바라는 내 조카들의 미래는 물질적 부유함이나 사회적 성취 같은 것과는 관계가 없다. 살아보니 그런 것들이 삶을 윤택하게 하는 데 필수적인 요소는 아니라는 걸 알게 되었다. 지니지 못한 것을 갈망하기보다 지금 가진 것들을 충분히 누리는 태도가 더 중요하지 않을까.

할 수 있다면 나는 아이들에게 생명을 사랑하는 마음을 전해주고 싶다. 나에게 주어진 생명뿐 아니라 타인의 생명도 사랑하는 사람으로 자랐으면 좋겠다. 작고 연약하고 잘 눈에 띄지 않는 다른 존재들까지 품는 그런 사람. 모든 생명을 차별 없이 존중하고 소중히 여기는 사람이었으면 한다. 약자에게 다정하며, 어떤 상황에서도 그 다정한 마음을 잃지 않는 사람이 되었으면 한다. 다정함을 끝내 지킬 수 있다면 아무리 엉망인 세상을 살아야 한다 해도 아름다움을 발견해낼 수 있을 테니까. 아름다움을 찾아낼 수만 있다면 삶을 포기하지는 않을 테니까. 오늘은 상실감에 젖어 눈물 흘린다 해도 내일이면 다시 작은 것들에 위로받을 테니까. 나는 그런 마음을 키워주기 위해 아이들과 여행을 다니고, 낯선 문화 속으로 뛰어들고, 처음 해보는 일에 용감히 도전하고 싶다. 10년의 세월이 흐르면 다시 조카의 손을 잡고 그리스의 섬을 찾아가고 싶다. 오래전 그 자리에 고래를 기다리며 앉아 있고 싶다. 그때에도 우리가 여전히 고래에 가슴이 뛰는 사람으로 남아 있기를.

인간적인 책 읽기

개별적이되

내 인생에서 이뤄진 대부분의 결정은 충동적이었다. 이혼과 세계 일주 두 가지를 빼고선. 그러니 내가 독서모임을 충동적으로 꾸린 것도 놀랍지 않다. 우리 나이로 쉰이 된 재작년 봄은 좀 버거웠다. 서른도, 마흔도 나이드는 즐거움을 느끼며 넘어갔는데, 쉰은 달랐다. 몇 가지 배경이 있었다. 발 없는 글에 갇혀 허우적대고 있었고, 전세 폭탄을 맞는 바람에 갚아야 할 빚이 있었고, 하필 봄이었다. 널을 뛰는 감정을 무기력하게 지켜보면서 봄을 흘려보냈다.

서른넷 이후 하고 싶은 일을 하며 살겠다고, 여행만 하며 살았다. 사실 여행이 내게 꼭 맞는 취미는 아니었다. 솔직히 말한다면 여행만큼 나와 맞지 않는 일도 드물었다. 모험심이라고는 병아리 눈물만큼도 없고, 잠귀가 밝아 잠자리를 가리는데다가, 안 먹는 음식이 많고, 낯선 사람과 어울리는 일을 부담스러워하는 성격이었다. 그러니 여행을 할 때면 있는 힘껏 용기를 끌어내 낯설고 새로운 것을 만나고 다녔다. 사람이 한평생 쓸 수 있는 용기의 총량이 있다면 내가 가진 용기의 80퍼센트를 여행에 쓰고, 나머지 20퍼센트로 일상을 꾸려가고 있었다. 내가 지닌 에너지의 분배도 마찬가지였다. 용기도, 에너지도 일상에서는 발휘되지 못했다. 새로운 일은 무엇이든 부담스러웠다. 만남도, 연애도, 일도, 이사조차. 하기 싫은 일은 하지 않았고, 만나기 싫은 사람은 만나지 않았다. 새로운 일은 시도할 생각도 하지 않았다. 산책을 하거나 미술관에 가는 일을 제하고는 여행도 다니지 않았다. 어느새 나는 일상에서 아무것도 하지 못하는 겁쟁이가 되어 있었다. 이런 삶의 방식이 내 세계를 스스로 좁혀온 것은 아닐까. 더 늦기 전에 무언가 새로운 것을 시도해봐야 하지 않을까 싶었지만 게으른 탓에 엄두도 내지 않고 지냈다.

그러던 어느 날 한 권의 책을 만났다. 김원영의 『실격당한 자들을 위한 변론』. 카프카의 표현을 빌리자면 그 책은 내 얼어붙은 바다를 깨는 도끼가 되어주었다. 스스로 평등주의자라고, 약자나 소수자의 아픔에 예민하다 믿고 살았는데, 그런 믿음이 깔끔하게 깨져나갔다. 어린이일 때도 노인이 되어서도 사회적 약자일 테고, 비혼 여성에 프리랜서로 살아가니 그것만으로도 나는 약자라고 믿고 살았다. 순진하고 무지한 믿음이었다. 내가 사는 세계는 비장애인이, 비장애인의 시각으로 건설한 세계였다. 비장애인으로 살아온 나는 당연하게도 태어나면서부터 존엄과 품격 있는 삶을 거부당한 채 살아야 하는 이들의 아픔을 깊이 헤아려본 적이 없었다. 한 번도 해보지 못한 질문이 그 책을 통해 내게 던져졌다. 나의 무지가, 나의 피상적인 공감이 속속들이 파헤쳐지는 것 같았다. 나를 둘러싼 세상의 일을 더 이해하고 싶다, 더 다양한 사람들의 이야기를 듣고 싶다, 더는 우물에 갇힌 채 살지 말아야겠다는 생각이 들었다. 책을 통해 좀더 깊이 한 사람의 마음을 들여다보고 싶었다. 단지 웃고 떠들다 흩어져버리는 수다와는 다른 층위로 사람을 만나고 싶었다. 책을 계기로 질문을 던지고 답을 찾아가는 그런 시간을 만들고 싶었다.

열심히 주소록을 뒤졌다. 20대부터 50대까지, 미혼과 비혼, 여성과 남성이 골고루 섞인 모임으로 만들자. 직업적으로 책을 가까이하는 사람들은 빼자. 지인들에게 한 명씩 연락해 모임의 취지를 설명하고 의사를 타진했다. 열세 명이 모였다. 우리집에서 한 차례 예비모임을 가졌고, 5월에 첫 독서모임을 했다. 첫 책은 당연히 『실격당한 자들을 위한 변론』. 조금은 긴장되고 어색한 표정을 한 사람들이 동네 카페에서 모였다. 바라던 대로 20대에서 50대까지 다양한 일을 하는 친구들이 모인 자리였다. 크로아티아에서 만난 스물아홉 준수는 화학공학을 전공한 차분한 청년. 인도의 바라나시에서 만난 30대 현경은 불교환경단체에서 일해 환경문제에 대해 예민한 시각을 가졌다. 카미노 포르투갈 길에서 만난 30대 효진은 영상 콘텐츠를 만드는 회사에서 일하는 기혼 남성. 부탄 여행길에서 만난 30대 여성 진아는 약사의 삶을 살면서 다른 세계에 호기심이 큰 친구. 여행학교 수강생인 동원 선생님은 꼼꼼히 쓴 독서일기를 소셜 미디어에 올리는 50대 남성. 고등학교에서 윤리를 가르치는 30대 여성 영록, 내가 꾸린 인왕산 진달래 번개 모임에서 만난 30대 초반의 건축가 병관씨, 같은 건물에 사는 인연으로 가까워진 도예가 수정, 내 여행학교의 수강생이었던 선애씨, 여성운동과 환경운동을 열심히 해온 에코페미니스트 보은 언니, 대중문화 콘텐츠를 제작하는 회사에서 일하는 동찬씨…… 나만 그들을 알 뿐 서로 모르는 사이로 만난 첫 모임이었다. 젊은 친구들일수록 말과 행동이 조심스러웠다. 50대의 보은 언니나 동원 선생님은 자연스럽고 주저함이 없었다. 나는 이야기가 삼천포로 빠질 때마다 다시 중심 주제로 끌어오거나 모두가 발언할 수 있도록 균형 잡는 역할에 집중했다. 나이가 장벽이 되는 일만큼은 막고 싶었다. 장애인과 비장애인의 삶에 대한 이야기가 좀더 나오기를 바라기도 했지만, 자신의 삶에 대입해 공감한 이야기가 집중적으로 나왔다. 이야기가 넘쳐 헤어짐이 아쉬웠다. 처음치고는 나쁘지 않다고 자평했다. 이 모임을 만들길 참 잘했구나 싶었다. 무기력하게 보낸 지난 몇 달의 시간 속에서 처음 낸 용기는 위로로 돌아왔다.

우리는 한 달에 한 번씩 꾸준히 모였다. 책 선정은 누군가 '이런 이유로 이 책을 같이 읽고 싶다'며 제안하면 나머지 회원들의 동의를 거쳐 정하는 식으로 진행했다. 테드 창의 『당신 인생의 이야기』는 효진의 추천작이었다. 영화 〈컨택트〉의 원작 소설이라고 해서 독서모임을 하는 날 미리 모여 영화를 보기도 했다. 세번째 책은 내가 추천한 파올로 조르다노의 소설 『소수의 고독』. 저마다의 심연을 가진 이들에 관한 책이었다. 이 소설에 어울리는 음악을 골라오자는 제안을 선애가 내놓아 각자 골라온 음악을 함께 듣는 시간을 갖기도 했다. 네번째 책은 진아가 추천한 애거서 크리스티의 『봄에 나는 없었다』. 그 밖에 『안녕, 인간』 『90년생이 온다』 『자본주의의 미래』가 우리가 고른 책들이었다. 내가 『여행할 땐, 책』을 출간했을 때는 그 책이 선정되는 낯 뜨거운 일이 일어나기도 했다. 대부분이 직장인이라 완독률 100퍼센트는 한 번도 달성하지 못했다. 올림픽 정신으로 참여하는 데 의의를 두고 나오는 이도 있었다. 나는 완독률을 높이고자 리워드를 마련했다. 왓챠 이용권, 매실잼, 여행지의 기념품 등이 미끼 상품(?)으로 등장했다. 책에 관한 이야기를 하다 말고 삼천포로 빠질 때면 총대를 메는 건 늘 나였다. 아무리 흥미로운 이야기라 해도 책과 관계없는 주제라면 적당한 지점에서 좀 매정하게 잘랐다. "자, 자, 그 이야기는 책 이야기가 끝난 후에 더 나누기로 하고요, 다시 책으로 돌아가죠."

코로나19가 시작된 이후로는 전체 모임을 멈추고 있지만, 좋은 책을 발견하면 서로 권하고 가끔은 서너 명씩 모이곤 한다. 온라인으로 독서모임을 열까도 생각해봤지만, 역시 나는 '대면주의자'였다. 마주앉아 눈 맞추며 이야기를 나누고 싶은 마음에 코로나가 잦아들기만을 하염없이 기다리고 있다. 코로나가 완전히 물러나기에는 긴 시간이 필요할 것 같으니 5인 집합 금지만 풀리면 다시 모임을 시작할 계획이다. 낡은 표현을 빌리자면 나는 여전히 배가 고프다. 더 치열한 질문을 던지고, 더 깊은 고민을 끌어내고 싶다. 살아가는 일의 슬픔과 기쁨, 타인이라는 존재의 이해 불가한 신비함을 책을 매개로 속속들이 들여다보고 싶다. 한 달에 책 한 권을 읽고 이야기를 나눈다고 해서 우리 삶이 크게 달라질 거라고는 생각하지 않는다. 다만 이 세계가 흘러가는 속도와는 다른 나만의 페이스를 유지하고 싶다. 시대가 던지는 질문을 외면하지 않으면서도 내 삶의 중심을 굳건히 붙들고 싶다. 충동적이며 자극적인 것들을 피해 찬찬히 들여다보고 생각을 해야 하는 세계로 옮겨가고 싶다. 무엇보다 스마트폰이 점령한 시간의 일부를 조금이라도 되찾고 싶다. 스마트폰을 끄고 책 읽는 시간을 지켜내고 싶다. 내 일상을 조금 더 성실하게 꾸리기 위해, 내 세계를 조금 더 넓히기 위해 오늘도 책을 편다. 각자의 공간에서 같은 책을 읽고 있는 친구들이 있다는 것만으로 쓸쓸함이 덜어진다.

내가 만난 언니들

언니 1.

글이 풀리지 않아 마음이 바닥을 모르는 채 추락하던 날들이었다. 나는 보은 언니에게 전화를 걸어 힘들다고 투정을 부렸다. 언니는 늘 그랬듯 내 칭얼거림을 허투루 넘기지 않았다. 어서 만나서 맛있는 걸 먹고 힘을 내자고 했다. 이틀 후 언니를 만난 오후, 나는 언니와 이야기하다가 울어버렸다. 글이 막히니 앞이 안 보인다고. 나는 이제 어떻게 살아야 하느냐고. 무슨 이야기를 해도 다 받아줄 사람이란 걸 알기에 언니 앞에서는 매번 마음의 끈을 놓아버리고 만다. 우리는 함께 엄유정의 식물 그림을 보고, 커피를 마시며 앞날을 모색하고, 뜨겁고 시원한 대구탕으로 저녁을 먹었다. 나를 집 앞에 내려주며 언니가 초콜릿을 건넸다. "며칠 전에 남편이랑 이 딸기 초콜릿 한 조각을 먹었는데 눈이 휘둥그레지면서 행복해지더라고. 자기 주려고 검색해서 주문했어." 그날 밤 언니의 선물을 곁들여 차를 우렸다. 어디로든 길을 찾아 가게 될 거라고 다독여주던 언니를 생각하면서. 언니는 늘 하염없이 고개를 끄덕이며 이야기를 들어주고, 나보다 더 나를 믿고 격려해준다. "자기가 얼마나 사랑스러운 사람인 줄 알아?" 가끔 뜬금없이 그렇게 말을 하면 내가 제법 사랑스러운 사람처럼 느껴진다.

보은 언니를 알게 된 건 13년 전. 피스앤그린보트에서 만난 일본의 환경운동가이자 문화인류학자인 쓰지 신이치 선생님 덕분이다. 선생님이 내게 '여성환경연대'를 아느냐고 물으셨고, 그 단체에서 일하는 이보은이라는 여성을 만나보라고 제안하셨으니. 2년 후 선생님과 나는 일본과 한국의 대안적인 삶을 들여다본 『삶의 속도, 행복의 방향』이라는 책을 함께 썼다. 그 책의 출간 이벤트로 내가 살던 동네의 단골 카페를 빌려 북콘서트를 열었다. 자연스레 보은 언니가 등장했다. 눈웃음만큼이나 부드럽고 다정한 태도가 인상적이었다. 나는 이 사람을 좋아하겠구나 첫 만남에서 깨달았다. 그날로 나는 그녀가 일하는 에코페미니스트 단체인 여성환경연대의 정기후원자가 되었다. 언니를 알게 될수록 품이 넓은 유연한 마음자리에 점점 기대게 되었다. 그녀는 내가 아는 가장 욕심 없는 사람이다. 물건에 대해서도, 사람에 대해서도 욕심이 없으니 편견도 없다. 내가 누군가의 흉을 보면 언니는 이렇게 말한다. "그 사람에게는 그럴 수밖에 없는 어떤 사정이 있었을 거라고 생각해주자." 언니가 느릿느릿 뜸들이며 그렇게 말하면 나도 덩달아 그렇게 이해하고 싶어진다. 나를 착하게 만드는 여자다, 보은 언니는.

언니 2.

우리집 시디장 위 액자에는 두 장의 사진이 들어 있다. 왼쪽에는 엄마와 올케. 오른쪽에는 현옥 언니. 20대의 끝 무렵 아니면 30대의 시작 무렵, 언니의 남편을 먼저 알게 된 후 나는 곧 언니와 더 가까워졌다. 그 무렵 언니의 집은 광릉수목원 옆에 있었다. 양옥과 한옥을 결합해 대청마루를

낸 그 집은 내가 아는 가장 우아한 집이었다. 그 집을 지을 때 너무나 힘이 부쳤던 언니는 어느 봄날, 어린 딸을 앉혀놓고 이렇게 중얼거렸다고 한다. "Y야, 너는 진달래가 피면 진달래를 사랑하고, 벚꽃이 피면 벚꽃을 사랑하며 그렇게 살려무나."

봄이면 그 집 마당에는 때죽나무꽃이 등을 매단 것처럼 흐드러지게 피어났고, 가을이면 단풍나무가 유난히 붉게 타올랐다. 이토록 멋진 집을 지어놓고, 이렇게 경계 없이 사람을 들이며 살아갈 수 있구나. 내가 원하는 삶이 그곳에 있었다. 내가 실패한 삶의 원형이 그 집에는 훼손당하지 않고 남아 있는 것 같았다. 그 집을 드나들며 내 인생에서 처음으로 모르는 사람들과 밤이 깊도록 어울리는 경험을 했다. 언니네 옆집 총각과 사랑에 빠지기도 했다. 나는 새 애인이 생길 때마다 언니에게 데려갔다. 언니가 삼청동에서 한정식집을 열었을 때, 내게는 아지트가 생긴 셈이었다. 몸과 영혼의 양식을 골고루 채우려고 옥수수 창고에 드나드는 생쥐처럼 뻰질나게 찾아갔다. 내가 살던 부암동에서 삼청동까지는 걸어서 30분이었다. 긴 여행을 마치고 돌아오면 나는 집에 배낭을 던져놓고 걸어서 언니네 가게로 가곤 했다. 당연하다는 듯이 배고프다는 말을 하면 언니는 또 아무렇지 않게 맛있는 식사를 내어주곤 했다. 그때가 나의 리즈 시절이 아니었을까.

나는 언니의 식당에서 출판기념회도 두 번이나 했다. 외국계 은행을 다닌 남편이 데려오는 손님들에게 밥상을 차려주다가 식당까지 하게 된 언니는 음식을 대충 하는 법이 없었다. 내가 다른 식당의 반찬을 흉보면 언니는 이렇게 답했다. "8, 9000원짜리 식사만 파는 집들이 비용을 줄이기 위해서는 식재료비를 줄이는 수밖에 없는 거지. 나야 비싼 밥도 팔고 만 원짜리 밥도 파니까 반찬도 이렇게 낼 수 있는 거고." 걸식하러 드나드는 내가 식당 문을 열고 들어설 때면 언니는 언제나 아주 오랜만에 만나는 것처럼 환한 미소를 지으며 반겨주었다. 언니의 식당에 드나드는 모든 이들을 환대하는 모습을 보며 나는 사람을 대하는 바른 자세를 배웠다. 언니가 잘나가던 한정식집을 접고, 잠실새내역에 반찬가게를 열었을 때 나는 그 집의 대박을 예감했다. 정성이 들어간 음식을 알아보는 이가 나뿐일까 싶었으니까. 음식을 대하는 언니의 자세는 처음이나 지금이나 한결같다. 좋은 재료를 구하기 위해 언니는 한 주에도 서너 번씩 새벽마다 노량진

수산시장이나 가락시장을 오간다. "정말 얄미운 사람이 있으면 꼬드겨서 반찬가게 열라고 해"라고 반찬가게의 고단함을 한 줄로 정리해버린 언니. 내가 언니에게 배우고 싶은 건 그 성실함과 열정이다. 언니는 널부러져서 시간을 탕진하는 모습을 보인 적이 없다. 자신이 하는 일에 최선의 최선을 다하면서 일의 성공을 자신의 공으로만 돌리지도 않는다. 함께 일하는 직원들에게 넉넉하게 베푸는 모습은 변함없다. "식당이든 반찬가게든 나는 자본을 댔으니까 조금 더 가져간다는 마음으로 하는 거지"라고 말하는 언니. 그래서 언니네 반찬가게는 열세 명의 직원이 대부분 몇 년째 함께 일하는 중이다. 눈앞의 이익만을 좇지 않고 당장은 조금 손해를 볼지라도 통 크게 베푸는 모습을 나는 언니에게 배우고 있다. 좀생이인 나는 아직 멀었다.

언니 3.

내 인생의 첫 언니 복은 대학을 졸업하고 사회생활을 시작한 해에 굴러들어왔다. 첫 직장이었던 패션업계 전문지의 말단 기자였던 나. 내 위로 대여섯 명의 선배들이 있었고, 그 위로 까마득히 높은 김부장님이 있었다. 어느 날, 사장님이 뭘 잘못 드셨는지 정신이 슬쩍 나간 소리를 했다. 여기자들은 아침 일찍 나와서 부장들 책상도 좀 닦고 그러라고. 다음날 우리 부서에서 제일 착하던 선배가 걸레인지 행주인지를 손에 들고 주섬주섬 부장님 책상으로 다가갔다. 김부장님이 고개도 들지 않고 신입의 기사를 손보며 낮은 목소리로 이야기했다. “이○○씨. 걸레질 할 시간 있으면 기사 한 줄 더 써.” 사무실의 어수선함이 고요한 침묵으로 쑥 가라앉았다. 이○○ 선배도 자기 책상으로 돌아갔다.

나는 유학비 마련을 위해 회사에 다니고 있었고, 마음은 늘 콩밭에 가 있었다. 상사가 퇴근해야 막내가 퇴근할 수 있던 시절이었다. 퇴근 후 7시에 시작하는 영어학원에 가기 위해서는 6시 좀 넘으면 사무실을 나서야 했다. 기사를 다 쓰고 멍하니 시계를 보며 앉아 있는 내게 김부장님은 종종 물었다. “김남희씨 오늘 기사 다 썼어?” “네.” “그럼 퇴근해.” 나는 그 사무실에서 가장 먼저 퇴근하는 막내 기자였다. 9개월을 다닌 후 나는 퇴사했다. 그 회사 사람들 중 당연히 김부장님의 연락처만 수첩에 남았다. 김부장님은 이제 미영 언니라고 부르는 가까운 사이가 되었다.

언니는 나이 마흔이 넘어 사표를 내고 뉴욕으로 영어

를 배우러 떠나기도 했고, 패션 회사에서 이사로 퇴임한 후 직업에 귀천이 없음을 손수 증명하고 있다. 패션 관련 일은 프리랜서로 하면서 짬날 때마다 온갖 알바를 다 한다. 모든 노동은 신성하다고 외치며 살아왔는데 말뿐인 건 아닌지 스스로 검증은 해봐야 하지 않겠냐면서. 카페 알바는 물론이고, 관광지 리조트의 청소 알바, 동대문 시장의 제품 감수 알바까지 장르 불문하고 뛰어든다. "너 전기밥솥 뚜껑 안 벗겨봤지? 콘도에서 방 하나를 몇 분 만에 청소할 수 있는지 모르지?" 예순이 되어서 내가 전혀 모르는 세계의 이야기를 들려주는 언니. 몸 사리지 않고, 타인의 시선을 의식하지 않고, 자신이 믿는 바를 실천하며 살아가는 멋진 언니. 그녀의 허세 없는 삶의 태도를 내 것으로 하고 싶다.

이 외에도 내게는 수많은 언니들이 있다. 혈연으로 맺어지지 않았지만 저마다의 방식으로 내 삶의 귀감이 되는 언니들이다. 몽골에서 만난 가평의 혜정 언니, 제주도에 있는 목공 카페 슬로리의 양선 언니, 소셜다이닝을 하는 비덕살롱의 정은 언니, 나이 차 때문에 언니라고는 차마 못 부르지만 큰언니 같은 김선주 선배님, 쿨하게 다정한 방콕의 히

로미 언니, 제주에 내려가면 늘 바쁜 시간을 쪼개어 함께 걷자며 달려오는 서명숙 언니, 방과후 산책단을 꾸리면서 만난 수많은 언니들 등등. 그녀들의 얼굴을 떠올리는 것만으로도 나는 가끔 울컥해진다. 언니들이 지금의 모습이 되기 위해 건너왔을 세월의 강을 생각해본다. 급류가 넘실거리던 거센 강 앞에서는 잠시 망연자실 앉아 있다가 숨 한번 깊이 들이쉬고 일어나 치맛말기를 쓱쓱 접어올리고 그 강을 건넜을 것이다. 시냇물처럼 졸졸 흘러가는 얕은 강물은 아이처럼 첨벙거리며 뛰어 건너지 않았을까. 혼자라면 가뿐히 건넜을 강도 가족의 손을 잡고 아이를 품에 안고 건너야 했으니 젖은 몸이 마를 날이 없었겠지. 삶의 길목마다 넘실거리는 이 모든 희로애락의 강을 나는 제 한몸 건사하며 건너기도 벅찬데, 가족이 있는 언니들은 식구들을 다독이며 함께 건너야 했을 것이다.

나처럼 싱글인 언니들, 그녀들이 외로움에 지칠 때마다 내뱉었던 한숨은 온 우주를 뒤덮고도 남지 않았을까. 삶이 던지는 모든 것을 기꺼이 끌어안고, 다른 사람까지 품어주는 너른 품을 지닌 언니들. 그녀들에게 받는 애정을 나도 좀 되돌려주며 살고 싶은데 한쪽 굽만 부러진 구두처럼 좀처럼 균형이 맞지 않는다. 정말이지 이번 생은 자매애에 기대어 그냥 살아지는 것 같다.

아빠에게 쓰는 편지

볼 수 없어서 더 보고 싶은 아빠에게

아빠, 아빠가 내 곁을 떠난 후에 나에겐 습관이 하나 생겼어. 길 위에서 종종 아빠를 부르고는 해. 신실한 사람들이 신의 이름을 부르는 그 마음으로 나는 아빠를 불러. 사는 일이 새삼 만만치 않아서 어깨가 처지는 날에도, 모처럼 좋은 일이 생겨 발걸음이 가벼운 날에도, 친구들을 만나고 돌아오는 쓸쓸한 밤에도, 나는 하늘을 바라보며 아빠를 불러. 아빠,

나를 지켜보고 있는 거지? 그렇게 물으면서.

카미노를 걷는 지난 스무 날 동안 나는 하루에도 몇 번씩 아빠를 부르곤 했어. 술 취한 사람처럼 주절주절 맥락도 없는 말들을 아빠에게 던지며 걷다가 자주 눈물이 글썽해지곤 했지. 그러다 오늘은 남의 집 대문 앞에 쪼그리고 앉아 아빠를 부르며 대성통곡하고 말았어. 바보 같은 그 모습을 아빠는 걱정스러운 얼굴로 다 보고 있었겠지? 걱정하지 마, 아빠. 나는 곧 씩씩해질 테니까.

좀 지쳐 있었나봐. 첫날부터 허리가 아팠고, 지난 며칠은 계속 비가 내렸고, 길 위에 순례자는 너무 드물었거든. 아무하고도 마음을 나누지 못하면서 혼자 걷다보니 내가 여기서 무슨 짓을 하고 있는 거지 싶었던 거야. 네루다의 시구를 빌리자면 나는 터널처럼 외로웠던 거지.

아빠, 어깨에 멘 배낭의 무게가 나를 짓누를 때면 종종 아빠의 어깨에 얹혀 있었을 우리들의 무게를 생각해보곤 해. 나 하나 건사하고 사는 것도 이렇게 힘든데 아빠는 어떻게 고단한 삶을 버텼을까 싶어서. 아빠에게 우리는 어떻게든 지켜내야만 하는 간절한 것들이었을까. 아빠는 도망치고 싶던 날이 없었을까. 그럴 때면 아빠는 무엇으로 그 마음을 견뎠을까. 이제는 답을 들을 수 없는 질문을 아빠에게 던지곤 해. 그런 생각을 하다보면 새삼 아빠가 고마워져. 우리를 낳아줘서, 잘 키워줘서, 어른이 되는 날까지 지켜봐줘서. 무엇보다 아빠가 나를 낳아준 부모로서만이 아니라 한 인간으로서도 존경할 수 있는 사람이어서 고마워. 나이가 들수록 나는 점점 아빠를 이해하고 사랑하고 존경하게 돼. 아빠가 살았던 외로운 삶, 최선을 다했지만 마지막까지 일을 해야 했던 고단한 삶을 생각해보면 더더욱. 가난했지만 성실하고 정직했던 아빠. 삶이 아빠를 기만할지라도 아빠는 한 번도 삶을 기만하지 않았지. 그런 아빠여서 고마웠어. 이제는 그게 얼마나 어려운 미덕인지 아니까.

아빠, 나는 아직도 세상을 떠돌며 살고 있어. 그렇지만 나는 이제 한자리에서 붙박이로 살아가는 사람들의 뚝심을 좋아하게 되었어. 모험이 없는 삶에도 조용하지만 끈질긴 용기가 필요하다는 걸 알게 되었으니까. 우리는 저마다 소중한 그 무엇을, 지킬 수밖에 없는 가장 절실한 것을 끌어안고 살아간다는 걸 인정하게 되었어. 열 몇 평 구멍가게에 갇힌 아빠의 세계는 좁았지만, 아빠에게는 그곳이 다른 무엇과도 바꿀 수 없는 세계였을 거야. 가족을 먹여 살리게 하는 공간이었으니까. '누가 누구를 먹여 살린다.' 이 말에 실린 무게를 생각하면 아빠, 나는 한숨부터 나와. 나는 고양이 한 마리조차 죽는 날까지 먹여 살릴 자신이 없어서 키우지 못하는 사람이니까.

아빠, 살면서 아빠에게 표현해야 했던 고마운 일들이 너무 많은데 한마디도 하지 못했어. 어렸을 때 나와 동생들을 데리고 캠핑을 다녀줘서 고마워. 아빠의 손수레에 올라타 삼척의 들판을 달리던 일요일 아침. 반딧불이를 잡아서 호박꽃 안에 넣어 호박등을 만들고 놀던 저녁. 아빠가 낚시를 하는 동안 텐트에 엎드려 램프 불빛에 책을 읽던 밤. 아빠의 무등을 타고 바다의 반짝임을 바라보던 오후. 그 시간들이 지금의 나를 만들었어. 자연을 경외하는 사람으로 자랄 수 있게 해줘서 고마워. 내가 직장생활을 해서 번 돈으로 유학을 가겠다고 했을 때도 아빠는 공부하러 갈 결심을 해서 장하다고 칭찬부터 했지. 부모가 무능력해서 도와주지 못해 미안하다면서.

아빠, 내가 더 넓은 세상을 보며 살겠다는 이유만으로 이혼을 하겠다고 했을 때 아빠가 뭐라고 했는지 기억나? 이혼하면 너는 내 딸이 아니다, 아빠는 그렇게 말했어. 목소리를 높이지도, 화를 내지도 않았지. 이혼을 하고 갈 곳 없어진 내가 아빠의 집 대문을 열고 들어섰을 때 아빠는 아무 말도 없이 그저 나를 맞았어. "희야, 왔니?" 언제나처럼 그렇게. 다정한 포옹 같은 건 없었지만 아빠는 나를 받아들였어. 그리고 세상을 떠날 때까지 한 번도 결혼이나 이혼, 이런 문제에 관해 말을 꺼내지 않았어. 누구보다 내가 가는 길을 응원하고 믿어주고 격려해줬던 아빠, 정말 고마워. 내 책이 나오면 구멍가게에 책을 쌓아놓고 동네방네 자랑하던 아빠가 좀 창피하기도 했지만, 아빠가 제일 든든한 내 지지자였음을 알아.

난 한 번도 아빠에게 다정한 딸은 아니었지. 아빠만큼이나 나 또한 가족에게는 감정을 잘 드러내지 못했으니까. 오히려 나보다 아빠가 더 내게 애정을 자주 표현하곤 했어. 아빠가 늙어갈수록 더. 아빠가 살아 있을 때 사랑한다고 말하지 못해서 미안해. 자주 껴안아주지 못해서 미안해. 더 많이 고맙다고 말하지 못해서 미안해. 아빠가 세상을 떠난 후 한 가지 좋은 점이 있다면, 아빠와 함께 여행하는 기분이 종종 들곤 한다는 거야. 아름다운 풍경 앞에 설 때면 조용히 아빠를 부르거든. 아빠도 보고 있어요? 이렇게 묻는 내 목소리가 들려?

카미노를 한국에 알렸다는 공로로 스페인에 상을 받으러 온 이번에도 나는 아빠 생각이 많이 났어. 아빠가 살아 있었다면 얼마나 기뻐했을까. 아빠가 이룬 성취마냥 나보다 더 기뻐했을 텐데. 아빠한테 상을 보여줄 수 없어서 속상했어. 아빠, 내가 좋은 일로 유럽에 왔으면서도 걷는 동안 왜 그렇게 힘들어했는지 알아? 아빠가 이 세상에 살아 있었다면 말하지 못했을 텐데, 지금은 오히려 말이 더 편하게 나오네. 돈 때문이었어, 아빠. 나 좀 웃기지? 돈보다 중요한 것을 좇아 살겠다고, 평생 가난해도 괜찮다고 했으면서 돈 때문이라니.

서울로 돌아가면 내가 사랑하는 집을 떠나야 할 상황이 될지도 모르거든. 아빠는 내가 사는 부암동 집에 한 번도 못 와봤지. 어쩌다 엄마가 놀러올 때도 아빠는 가게를 지켜야 했으니까. 아빠, 나는 열아홉 평짜리 내 작은 집을 너무 사랑해. 그 집이 있어서 나는 떠날 수 있었고, 돌아올 수 있었어. 그 집은 어른이 되어 엄마 아빠의 집을 떠난 이후 내가 처음으로 '내 집'이라고 마음 붙이고 산 공간이었거든. 누가 전셋집에 제 돈 들여서 집을 고치느냐는 비웃음을 사면서도 나는 그 집을 고쳤고, 흙을 사서 나르며 옥상에 텃밭을 만들었고, 쓸고 닦으며 집을 가꿨어. 내가 서울에 사는 한 그 집을 떠나고 싶지 않았어. 낯선 도시의 도미토리에서 누군가의 코 고는 소리에 잠 못 이루는 밤에도 돌아갈 내 집을 생각하면 기운이 나곤 했어. 그 집에서 나는 한 남자와 사랑을 했고, 그 남자와 헤어졌고, 사랑을 잃고도 다시 살아갈 힘을 얻었어. 그 집은 나에게 교회였고, 사원이었고, 병원이었고, 쉼터였어. 그런 집을 떠나야 할지도 모른다는 생각만으로 벌써 무너지기 시작했던 거야. 여기까지 와서도 머릿속에는 집 생각이 가득했어. 이럴 때가 아닌데, 돈을 구해야 하는데, 언제 나갈지 모르니 조금이라도 더 집에 있어야 하는데, 뭐 이런 생각들 말이야. 어리석지? 여기서 지금 걱정을 한다고 해결되는 게 아무것도 없음을 알면서도 집 생각에 매여서 나는 카미노를 조금도 누리지 못했던 거야. 세상 천지에 나 혼자구나, 이런 염세주의에나 빠져 있었고. 그렇게 걷다보니 그만 다 포기하고 집으로 돌아갈까 싶은 마음이 자주 찾아오곤 했어. 더는 안 되는 건가 싶어서 길거리에서 울었던 거야, 오늘.

아빠, 오늘 난 순례자 숙소를 벗어나 호텔로 왔어. 여행을 다닐 때면 가장 싼 방에서만 머물던 내가 8만 원짜리 방을 얻고, 뜨거운 물을 받아 반신욕을 했어. 넓은 침대에 누워 기절하듯 한 시간쯤 자고 일어나 저녁을 먹으러 나갔어. 해산물 수프에 생선구이를 시켜서 잔뜩 먹었어. 먹고 힘내자, 푹 쉬고 다시 걷자, 중얼거리면서. 아빠. 어디까지 갈 수 있을지는 모르겠지만, 아직 돌아갈 때는 아닌 것 같아. 완전히 소진되었다고 느껴질 때, 그래서 고갈된 에너지를 채워야겠다 싶을 때, 그때가 집으로 갈 때일 거야.

아빠, 나는 혼자 걷고 있다고 생각했지만 결국 혼자는 아니었어. 지켜봐주는 이들의 응원이 있고, 넘어진 나를 일으켜 세워주는 손들이 있었어. 갚을 수 없는 그 빚이 조금 무겁고 무섭기도 하지만, 걸으면서 만나는 세상의 이야기를 전하는 것. 그게 내가 지금 할 수 있는 일이라고 믿어. 그리고 돌아가면 내가 사랑하는 그 집에 더 머물기 위해 할 수 있는 최선을 다해보려고. 그래도 안 되면, 새로운 곳을 찾아 떠나는 거지! 그게 내 삶이었잖아. 배낭 하나만 메고 어디로든 가면서 살아왔으니까. 그러니까 난 결국 해낼 수 있을 거야. 아빠, 고마워. 나를 지켜봐주고, 내게 힘을 줘서. 무엇보다, 나로 하여금 무언가 쓰고 싶은 마음을 일으켜줘서. 내가 사랑했던 남자가 내게 그랬어. 나는 가늘고 희미한 인연의 끈만으로도 아주 멀리까지 갈 수 있는 사람이라고. 나는 그 가느다란 끈을 붙잡고 다시 가보려고. 내가 어디까지 가는지 지켜봐줘, 아빠. 나를 이 아름다운 세상에 보내준 고마운 아빠, 사랑해.

2018년 3월

카미노 포르투갈 길을 걸으며

에필로그

필사적으로 아름다움을 추구하는 사람

첫번째 호의

그녀는 우리집에 세 번이나 온 손님이었다. M 선배님 부부 덕분에 알게 된 그녀는 내가 열었던 여행학교의 반장을 맡기도 했다. 세번째 와서 자고 가던 날, 그녀가 테이블 위에 봉투 두 장을 남겼다. 외출에서 돌아온 밤, 봉투를 열었더니 5만 원짜리 지폐 몇 장과 편지가 들어 있었다. 그녀가 남긴 편지는 이랬다. "언니와 함께 머물 수 있는 이 공간이 있어 얼마나 든든한지 몰라요. 온갖 예쁨과 아름다움의 향연에 포옥 안기다 영혼의 기지개 활짝 펴고 돌아가요. 이 공간의 아름다운 조화에 동참하고 싶어 여러 날 고심하다가 최근 포스팅을 커닝페이퍼 삼아 슬쩍 두고 가요. 언젠가 꼭 한 점, 언니 공간에 두고 싶은 그림들 중 찜해두었다는 그림, 한 귀퉁이에 동참합니다. 손님 아니라 선희라는 동생으로 맞아주어 고맙구요. 사랑해요, 남희 언니." 좋아하는 화가의 전시회에 다녀와 언젠가 한 점 갖고 싶다고 써놓은 글을 기억한 선물이었다. 물론 그 화가의 그림을 사는 건 내 형편에는 무리였다. 그런 사정을 이야기하자 그녀는 내가 원하는 곳에 어디든 써달라고 했다. 한 달이 지났는데도 나는 아직 그 돈을 지갑에 고이 넣어두고 있다. 언젠가 꼭 갖고 싶은 무언가가 생기면 보태서 사야겠다는 생각을 하면서.

두번째 호의

그녀는 내가 인스타에서 팔로우하던 스타 플로리스트였다. 어느 날 상록 으아리를 분양한다는 그녀의 글이 올라왔고, 나는 뒤늦게 '저요! 저요!' 하며 손을 들었다. 분양은 이미 끝났지만 그녀가 본인 몫의 으아리를 주겠다고 했다. 상록 으아리를 데리러 간 날, 그녀에게 꽃 레슨을 받을 수 있는

지 물었다. 그 무렵의 나는 아무 기술도 없는 신세를 한탄하며 전세를 빼서 꽃이나 요리 유학을 다녀올까 고민하던 중이었다. 그녀는 자신의 수업은 꽃집을 하는 사람들이 주로 듣기 때문에 나에게는 어려울 거라며, 아는 사람을 소개해 주겠다고 했다.

얼마 후 그녀에게서 연락이 왔다. 꽃 상담을 하고 싶으니 저녁에 한번 들르라고. 연남동의 작업실을 찾아가니 그녀가 와인을 준비해놓고 기다리고 있었다. 몇 번의 술잔이 오간 뒤 그녀가 조심스레 말을 꺼냈다. "제가 이런 말을 드리면 참 주제넘은 일인지도 모르겠지만, 작가님 상황을 생각하면 꽃 수업 비용이 적지 않은 부담이 될 것 같아요. 다른 분께 수업을 듣는다 해도 비용을 넘어, 여러 사람이 같이 수업을 받으니 작가님께 딱 맞는 맞춤 수업도 아닐 테구요. 그래서 괜찮으시다면 제가 재료비만 받고 일대일 수업을 해드리고 싶어서요. 저도 작가님의 책으로 받았던 위로가 있거든요. 마침 작가님이 꽃을 배우고 싶어하시니 이렇게 나눌 수 있는 재주가 있어서 저도 기뻐요." 아니, 이게 무슨 로또 당첨 같은 선물이냐고 너스레를 떨었지만, 그녀가 와인 한 병을 혼자서 비워내는 동안 나는 취한 것처럼 속이 울렁거렸다. 집으로 돌아오던 그 밤, 내 손에는 음지에서도 잘 자라는 식물이라며 그녀가 건네준 휴케라 화분 두 개와 우리집 마루에 놓고 쓰라며 준 거대한 플로어스탠드가 들려 있었다.

세번째 호의

탐스러운 수국 세 송이가 택배로 날아왔다. 보내는 사람 이름도 없었다. 화원으로 전화를 해 보낸 사람 이름을 물었다. 홍천에 사는 그녀였다. 그녀가 만드는 수공예품이 좋아서 방과후 산책단 사은행사로 우리집에서 워크숍을 하며 맺은 인연이었다. 수국에 대한 감사 인사를 전하려고 전화를 했다. 그사이 그녀는 힘든 일을 겪은 상태였다. 사람에 대한 배신감으로 상처 입고, 그 일이 심각한 분쟁으로 이어질 수도 있는 상황이었다. 그녀는 그 과정에서 자신의 감정을 앞세우지 않고, 모든 분란을 일으킨 상대를 먼저 배려하며 일처리를 해나갔다. 경제적 손실까지 감수하면서 서로가 다치는 일을 최소화하려고 애썼다. 그 모습을 본 이들을 비롯해 좋은 사람들과 인연이 이어졌고, 다른 일거리들이 전보다 더 들어오기 시작했다. 전화위복이 된 셈이다.

"인생은 정말 알 수 없는 거네요, 작가님. 힘들었던 일이 결국 복을 불러오기도 하니. 이번 일을 겪으며 주변의 소중한 사람들에게 고마움을 표현하고 싶어서 꽃을 보낸 거예요"라며 웃었다. 그녀가 갑자기 설레는 목소리로 말을 이었다. "작가님, 제가 춘천에 좋아하는 공간이 있는데 작가님도 좋아하실 것 같아요. 같이 가실래요? 거기 가서 푹 쉬고 글도 쓰고 하면 어떨까요?" 그러자고 했더니 바로 날짜를 물어 가능한 날짜를 주고 전화를 끊었다. 잠시 후 전화가 왔다. "예약 완료했어요. 저는 그때 제주도에 있을 거니까 작가님 혼자 가셔서 좋은 글 많이 쓰고 오세요. 작가님이 책을 통해 주신 위로를 이렇게 갚는 거죠. 아, 그리고 제가 3박을 예약하려고 했는데, 숙소 주인님이 작가님 팬이라며 1박은 그분이 선물하겠다고 하셨어요. 도처에 깔려 있는 마음들이 어우러지네요."

이 모든 호의가 2, 3일 사이에 쏟아졌다. 어느 하나도 작은 마음이 아니었다. 내게 호의를 베푼 그녀들 중 누구도 부자라고 할 만한 이는 없었기에. 그 무렵은 생계를 위한 노동에 몸과 마음이 좀 지쳐 있던 날들이었다. 에어비앤비, 방과후 산책단, 방과후 글쓰기단, 줌 강연…… 하는 일은 많았지만 어느 하나도 충분한 생활비가 되어주는 일은 없었다. 글을 쓰고, 책을 읽고, 공부하며 지내고 싶은데, 생계를 위한 일들을 하느라 좀처럼 다른 일들을 하지 못하고 있었다. 그런 나를 다독여주기라도 하듯 연달아 쏟아진 호의였다. 얼마 후 나는 그녀가 예약해준 춘천의 숙소를 찾아갔다. 숲에 둘러싸인 목조 주택은 내 마음에 쏙 드는 공간이었다. 도착한 날 숙소의 주인 썸장님이 말했다. "제가 이 일을 시작할 때도 그랬고, 힘든 시기마다 제게 큰 용기를 주던 글이 있는데 그게 작가님 글이에요." 그가 핸드폰으로 그 글을 보내왔다. "다 버리고 새로운 인생을 시작하기에는 이미 늦은 것 같고, 가던 길을 그냥 가기에는 왠지 억울한 순간. '이렇게 살 수도, 이렇게 죽을 수도 없는 나이'에 속수무책으로 무너져 이대로는 안 되겠다 싶은 그런 날. 꼭 그렇게 절박함이 목까지 차오르지 않아도 괜찮다. 방향타도 없이 떠밀려온 속도전에서 벗어나 느리게 숨 쉬고 싶을 때, 짧지만 짜릿한 일탈을 꿈꿀 때, 길 위의 자유 그 불온한 냄새가 그리워질 때, 당신은 어디로 향하는가. 공간의 이동이 삶의 흐름을 바꾸기도 한다는 것을 아는 당신, 몰래 품어온 이름이 있는지……"

그에게는 몰래 품어온 이름이 춘천이었다고 했다. 십수 년 전 신문에 산티아고에 관한 글을 연재할 때 시작했던 글이었다. 까맣게 잊고 있던 글이 누군가에게 두고두고 용기를 주고 있었다니. 새삼스레 여행을 하고 글을 쓰며 살기를 참 잘했구나 싶었다.

그날 밤 나는 페이스북에 이런 글을 올렸다. "방문을 여는 순간, 절로 감탄사가 터졌다. 아 좋다. 참 좋네. 이대로 충분하구나. 초여름비가 내리는 이른 저녁. 창을 열어 빗소리를 불러들이고 책상에 앉아 하염없이 창밖을 바라본다. 좋아서, 기쁘고 행복해서, 감사해서 어쩔 줄 모르겠다. 나를 이곳으로 보내준 그녀, 사흘간 내게 이곳을 선물해준 그녀에게 나는 어떻게 보답해야 하나. 갚을 수 없는 빚만 하나 둘 셋 넷 쌓여간다. 이런 선물을 받을 때면 생각하곤 한다. 언제든 꺼내 쓸 수 있는 어떤 무형의 자산이 내게도 있었으면 좋겠다는 생각. 노래를 뛰어나게 잘한다거나, 음식을 잘 만든다거나, 손재주가 좋아서 뭐든 척척 잘 고친다든가, 그릇을 예쁘게 굽거나 그림을 빼어나게 그리거나 꽃꽂이를 잘한다거나 등등. 그랬다면, 그중 한 가지라도 가능했다면, 내가 지닌 기술을 막 꺼내서 아무때나 나눠주며, 말이 아닌 무언가로 고마움을 표현하며 살 수 있을 것 같은데…… 어째서 나는 여행밖에 잘하는 게 없어서, 게다가 그걸 글로 푸는 일에는 여전히 느리고 서툴기만 해서, 이토록 나눌 것 없이 빈한한지 모르겠다." 그 글에 M 선배님이 이렇게 댓글을 다셨다. "조용필이 난 노래말고는 할 줄 아는 게 없다고 한탄하는 느낌이야. 알간 모르간."

마지막 글을 쓰고 있는 이곳은 다정한 그녀가 선물해준 춘천의 숙소다. 숲에 둘러싸인 곳. 아침마다 뻐꾸기가 울고, 오후가 되면 멀리서 목탁 소리가 들려오는 곳. 전나무 너머로 달이 둥실 떠오르고, 책과 휴식이 있는 아늑한 공간. 나는 초록의 나무가 시선을 가득 채우는 창가의 책상에 앉아 있다. 내가 간절히 원하는 집은 어디서나 초록이 눈에 들어오는 집인데, 잠시나마 빌려온 풍경을 누리고 있다. 이곳에서 글을 쓰고 머문 사흘간, 나는 또 사람들에게 기대었다. 숙소 주인 썸장님의 세심한 배려가 늘 곁에 있었고, 청평에 사는 혜정 언니가 빗길을 뚫고 달려와 맛있는 저녁과 디저트를 가득 사주고 돌아가기도 했다. 달리기를 하던 저녁마다 이곳의 숲과 강과 길, 새와 꽃과 집들이 위로하듯 다가왔다 멀어지곤 했다.

어떤 상냥한 기운이 내 삶 전체를 두르고 있는 것 같다. 주저앉고 싶어질 때마다 그 알 수 없는 기운이 내 어깨를 두드린다. 살아라, 살아라, 지금껏 그랬듯, 앞으로도 그렇게. 가진 것 없이 나이들어가는 중년의 삶이 문득 두려워질 때마다 구원의 밧줄처럼 따스한 손길이 내밀어진다. 서로의 곁에 좋은 사람이 되어 머물러주는 다정한 사람들. 나는 그들에게 둘러싸여 있다. 코로나 이후 집에 갇혔던 시간 동안 나는 삶을 통틀어 가장 많은 이들을 만났다. 멀리 가지도 못했는데 나는 여행을 하고 있었다. 사람이라는 그 깊고 넓은 존재를, 그 복잡하고 다면적인 얼굴들을. 사람들이 왜 이렇게 내게 호의를 베푸는 걸까. 여행을 하고, 글을 쓰며 살아왔다는 것. 그것 하나로 내게 호의를 건네는 건 아닐 것이다. 아마도 내게 일어나는 선의의 순환을 보는 즐거움이 있기 때문이 아닐까. 내 안의 선한 마음을 드러내는 순간, 그 마음은 다른 이에게 오롯이 전해진다. 그 선의를 받은 이가 나에게, 혹은 다른 이에게 다시 선의를 베푼다. 마치 커다란 고리 위에서 물방울이 떼구루루하고 굴러가듯 그렇게 선의가 이어진다.

얼마 전에 글 쓰는 서희가 그런 말을 한 적이 있다. 언니는 필사적으로 아름다움을 추구하는 사람이라고. 내 삶의 태도를 꿰뚫어본 그 말이 나는 좋았다. 타인에게 작은 마음을 건네는 일, 일상의 공간을 잘 가꾸는 일, 삶을 고양시키는 것들을 찾아내고자 애쓰는 일. 이런 일들을 돈이 있어야만 할 수 있다고 생각하고 싶지 않다. 지닌 것 없는 나 같은 사람도 아름다움을 추구하며 살 수 있다는 것. 있는 힘껏 온 힘을 다해 살아내는 동시에 삶의 품격을 높이려 애쓰기. 어떤 상황에서도 아름다운 것들을 찾아내는 눈을 잃지 않기. 혼자만 잘 살려고 애쓰지 않기. 서희는 내 삶의 태도를 알아준 거였다.

아름다움이란 결국 삶을 대하는 태도가 아닐까. 내 일상을 꾸려내는 태도, 내 주변의 사람들을 대하는 태도, 내가 기대어 살아가는 지구를 대하는 태도. 정말이지 어떤 상황에서도 필사적으로 아름다움을 추구하는 사람이고 싶다. 가장 절망적인 상황에서도 사람의 선의를 믿고 그 선의에 기꺼이 기대는 사람이고 싶다. 나 또한 누군가에게 그렇게 기댈 수 있는 작은 어깨이고 싶다. 늘 마음에 품는 말처럼, 우리는 아름답지 못한 세상에서 살아야 한다 해도 아름다운 사람으로 남을 수는 있으니까.

춘천 someone's page에서

2021년 어느 여름

호의는 거절하지 않습니다

1판 1쇄 2021년 11월 15일
1판 2쇄 2021년 12월 24일

지은이 김남희
책임편집 구민정
편집 유지연 김소영
디자인 이효진
마케팅 정민호 양서연 박지영 안남영
홍보 김희숙 함유지 이소정 이미희
제작 강신은 김동욱 임현식 | 제작처 더블비(인쇄) 천광인쇄사(제본)

펴낸곳 (주)문학동네 | 펴낸이 염현숙
출판등록 1993년 10월 22일 제406-2003-000045호
주소 10881 경기도 파주시 회동길 210
전자우편 editor@munhak.com
대표전화 031) 955-8888 | 팩스 031) 955-8855
문의전화 031) 955-2655(마케팅) 031) 955-2671(편집)
문학동네카페 http://cafe.naver.com/mhdn
트위터 @munhakdongne
북클럽문학동네 http://bookclubmunhak.com

ISBN 978-89-546-8348-7 03810

www.munhak.com